楚辞有神仙

九歌·天问篇

叶子说神仙 编著
郑雅无 绘

电子工业出版社
Publishing House of Electronics Industry
北京·BEIJING

未经许可，不得以任何方式复制或抄袭本书之部分或全部内容。
版权所有，侵权必究。

图书在版编目（CIP）数据

楚辞有神仙：九歌·天问篇 / 叶子说神仙编著；郑雅元绘. -- 北京：电子工业出版社，2024.10.
ISBN 978-7-121-48577-0

Ⅰ. I207.223

中国国家版本馆CIP数据核字第2024GX1780号

责任编辑：陈晓婕　特约编辑：马　鑫
印　　刷：北京瑞禾彩色印刷有限公司
装　　订：北京瑞禾彩色印刷有限公司
出版发行：电子工业出版社
　　　　　北京市海淀区万寿路173信箱　　邮编：100036
开　　本：787×1092　1/32　印张：9.5　字数：152千字
版　　次：2024年10月第1版
印　　次：2024年10月第1次印刷
定　　价：89.00元

凡所购买电子工业出版社图书有缺损问题，请向购买书店调换。若书店售缺，请与本社发行部联系，联系及邮购电话：（010）88254888，88258888。
质量投诉请发邮件至 zlts@phei.com.cn，盗版侵权举报请发邮件至 dbqq@phei.com.cn。
本书咨询联系方式：（010）88254161～88254167转1897。

我们在抖音讲楚辞

古时有"逼上梁山",如今却是"逼上抖音"。在当今时代,当一个人试图展现自己的文化层次和品位时,他往往会说:"我不上抖音。""我手机里没装抖音。"其中的含义很明确:玩抖音被视为没有文化和品位的表现。

这背后的逻辑是这样的:与QQ、微信这样的社交软件不同,抖音并不是一个必需的社交工具,而是一个内容获取平台。当一个内容获取平台被认为没有文化和品位时,问题肯定出在内容上,而不是平台本身,就好像饭馆的菜难吃,你肯定不能怨碟子。但问题的关键是,这些内容并不是抖音生产的,而是由用户生产的。抖音并没有强迫用户创作低俗或低品位的内容,是用户的主动选

择，导致抖音上的某些内容越来越低俗化。因此，与抖音划清界限实际上是为了与那数亿的抖音活跃用户划清界限，以此来证明：我的品位至少高于这几亿人。既然高于这么多人，那我的品位自然就不会太差了。

我们那时也是这么想的。我们指的是抖音号"叶子说神仙"的作者群。在开始运营"叶子说神仙"之前，这个作者群中所有人的手机中都没有装抖音。可以想象，对于这群人来说，开始制作抖音内容是一件多么别扭的事情。

有人可能会问：你们这么看不起抖音，为什么不去其他平台做内容呢？B站、Z站动漫等不都行吗？这正应了那句话："逼上抖音"。从原来的行业转型时，我们自然不能选择那些一眼就能看到尽头的路，所以只剩下一条路可走，即使这条路充满了困难。当然，对于抖音，我们仍然心存疑虑。

然而，当我们的第一篇内容上线后，不到三天，"叶子说神仙"就吸引了十万粉丝。这下事情变得严重了，我们想打退堂鼓也不行了，似乎被抖音给"绑架"了，那就继续干吧。于是我们开始创作一个又一个关于神仙的故事。渐渐地，我们的视频播放量突破了千万次，粉丝数量也在持续增长。

于是我们开始膨胀了，想在抖音上做一些有文化内涵的内容。例如讲讲《楚辞·九歌》中的那些神仙。楚辞是战国时期楚国诗人屈原创作的一种诗歌形式，具有深厚的文化底蕴和艺术价值。我们是这么想的：如果一万个人中有一个人，在看完我们根据《楚辞》创作的短视频后，能对《楚辞》原文产生兴趣并亲自阅读，那么我们就没有白费力气。而如果这个人真的看进去了，并开始欣赏和研究《楚辞》，那么我们简直算是为抖音立下了大功。

不过理想是一回事，现实是另一回事。一开始我们心里当然是很没底的，之前在抖音上搜了一下跟《楚辞》相关的内容，发现大量视频的播放量都是两位数，点赞数也是0或1，这让我们感到非常担忧。显然很多先行者已经为我们示范了如何失败，足以让我们警觉。于是我们开始研究如何讲述《楚辞》才能避免失败。直接念一遍原文然后逐句翻译肯定是死得最难看的方式。《楚辞》虽然优美，但其语言古奥难懂，在抖音上你念完一句，绝大多数人听不懂就会直接划走，这样你的"五秒完播率"就会惨不忍睹，流量还没起步就停了。那种文艺青年范儿发感慨的方式也不太可行，因为缺乏故事性，也与"叶子说神仙"的定位不符。讲述《楚辞·九歌》中这些神仙的流传始末是最容易的，但有一个问题，这与《楚辞》又有什么关系？我们希望观众在看完一段短视频后能感受到《楚辞》之美，而不是又看了一段猎奇或"狗血"的段子。那样的东西在抖音上俯拾皆是，我们又何必去凑热闹呢？

碎片化娱乐时代，观众的耐心稀缺，鲜少给创作者以解释的机会。然而，《楚辞》却亟待阐释……最终，我们寻得了一个突破口——人设。

"人设"这一词汇源于流量思维，常见于"流量鲜肉"、"绘圈"和"游戏策划"等领域，它为我们解决了所有难题。将《楚辞·九歌》中的神仙们视为偶像、小哥哥、小姐姐，将每篇《楚辞·九歌》的内容看作支持这些神仙人设的设定，如此一来，在抖音上创作与《楚辞》相关的内容便不再艰难。

当以这种视角重新审视《楚辞·九歌》时，我们惊奇地发现：《楚辞·九歌》原本就是两千多年前，楚国先民为东皇太一、大司命等塑造人设的文献。这恰巧表明，人类几千年的思维方式在本质上并未改变。

解决了视角问题之后，接下来的挑战是如何传递《楚辞》之美。这变得顺理成章，我们只需继续深化"人设"之路。让叶子这位美丽的小姐姐来叙述一个深受女性喜爱的、充满"虐心"元素的故事，令人期待不已。

偶像人设，虐心情节，叙述者是一位漂亮小姐姐——抖音的热门元素齐全了。我们尝试创作了一期以大司命为主角的内容。结果大获成功，获得了数万点赞。更令人欣喜的是，许多观众在评论区引用了《楚辞》原文。

我们成功地将《楚辞》中的神仙介绍给了抖音的观众，并获得了他们的认可。《楚辞·九歌》系列广受好评后，我们又创作了《天问》系列。

此时，出版社主动联系我们，他们对我们在抖音上推广《楚辞》的努力感到惊讶，并希望我们出版一本相关书籍。

我们这群从事文字工作超过20年的人，第一次因为抖音而获得了广告年鉴之外的出版机会。于是，我们整理了这些与抖音和《楚辞》都紧密相关的故事，想要看看它们是否具备成为一本书的资格。如果读者认为它们够格，那便证明了两件事：其一，抖音的内容也可以承载有深度的文化；其二，只要找对角度，许多看似矛盾的事物实际上是可以相融合的，不必过于固执……

是为序。

（书中部分内容属个人见解，有误请谅解）。

天问

- 创世 098
- 女歧 106
- 伯强 116
- 鲧 126
- 应龙 136
- 大禹 148
- 归墟 158
- 逐日 166
- 昆仑之一 174

- 昆仑之二 184
- 烛龙 194
- 大羿 210
- 王子乔 238
- 蓬莱 250
- 女娲 262
- 玄鸟 276
- 伊尹 284

目录

九歌

- 东皇太一　006
- 云中君　020
- 东君　028
- 大司命　036
- 少司命　046
- 湘夫人与湘君　056
- 河伯　072
- 山鬼与国殇　080

九歌

九歌·九个小哥哥

《九歌》应该算是《楚辞》中最容易理解的部分。它由九位神仙的祭祀颂词组成，并附上《礼魂》和《国殇》，共计十一个短篇。尽管相对于《楚辞》的其他部分来说较为浅显，但对于大多数现代人而言，阅读起来仍然是一项艰巨的任务，更不用说去深入理解和体会其中的美了。

然而，如果将《九歌》翻译成白话文，你会发现这样的翻译几乎没有阅读价值。那种蕴含在古老文字中的美和氛围感会荡然无存，取而代之的是学生时代语文课上的枯燥和无聊。毕竟，谁没有在学校的阅读理解课程中经历过这种痛苦呢？

因此，为了让人们能够更好地理解和感受《九歌》，我们不是逐字逐句地讲解，而是将这些数千年前奇特而诡异的神话，以及原始而狂热的美，以某种方式呈现出来。

于是，《九歌》从一篇篇颂词，转变成了关于九位神仙各自的人设和故事。其中的诗句，有些被描绘成故事中的场景，负责营造氛围，有些则成为故事的起点，引发神仙们的各种情感，包括喜怒哀乐、离合悲欢。

虽然文字是一道难以逾越的鸿沟，但人的情绪却可以穿越时空产生共鸣。我们的目标不是制作那种"一分钟带你读懂《九歌》"的快餐式内容，而是希望能够在抖音观众的脑海中重现古人阅读《九歌》时，所体验到的那种快感。

东皇太一

关于东皇太一

《九歌·东皇太一》可以用"谀词如潮"四个字来概括。然而,其中并未提及东皇太一究竟具备何种神通,又有过哪些功绩。

东皇太一在楚地神话中被尊为最高神,但自西汉以后,便完全从中华神话谱系中消失了。他的命运与另一位曾经的中国神话最高神——记载于《山海经》中的天帝帝俊有着惊人的相似。在《山海经》之后,华夏典籍中几乎再无帝俊的记载。这些曾经至高无上的神明,就这样被淹没在了历史的长河中。

究竟是什么力量,导致了这些曾经高高在上的神明的消失呢?

在华夏的东海之滨,五千年前曾经有一个以玉器闻名天下的古国——良渚。而在华夏的西南,商周时期为《华阳国志》所记载的古蜀国所在,今天则以

"三星堆遗址"之名震惊天下。在三星堆遗址的发掘中，竟然发现了来自良渚的玉琮。这些小小的器物，在上古时期，是如何在长江中逆流数千里而上的呢？

如果说良渚和三星堆之间存在什么共通之处，那就是神权在这些地方极度膨胀，为了祭祀神明，人们不惜耗尽生产力。然而，这些盛大、神秘且血腥的祭祀，又曾为平民带来过什么呢？只有死亡、奴役以及无尽的困惑。

因此，在东皇太一的人设中，他被塑造成了一个已经消失的、暴虐的神祇。而他的故事，则是一个关于底层人民反抗上层统治的故事。

神的踪迹

东皇太一的祭典,在荆楚之地被尊为最高规格,其盛大程度无与伦比。这与其他神祇的祭祀氛围迥异,没有大司命祭祀时的庄严,也没有少司命祭祀时青春美少年的活泼,更没有祭祀东君时的狂热。每一次为东皇太一举办的祭典,都是一场倾尽全力、不计成本的豪华盛宴。当每年选定的吉日良辰来临,不仅祭祀的巫觋,几乎全荆楚的人们都会换上最好的衣衫,心怀虔诚地等候在祭坛前。

不久,他们便能看到祭坛上摆满了各种玉器。从巫觋腰间的长剑,到压住草席的小小玉瑱,整个祭坛上的所有礼器和饰品,都是由美玉精雕细琢而成的。巫觋们走动时,身上的玉佩发出如凤鸟清嘹般的叮当之声,回荡在天际。微风吹过,玉雕的琼花轻轻摇曳,那美景令人陶醉。

每一件玉器都是由楚地最上等的玛瑙、翠玉、墨玉精心打造而成的。而最重要的祭器，则需要有人跋山涉水，前往西北的蓝田、中原的南阳，甚至更遥远的昆仑，用无数楚人一年的辛苦劳作所得来换取美玉。回来后，再由无数工匠不眠不休地雕琢，方能完成。几乎每一件玉器的身上，都承载着为采玉、制玉而牺牲的楚人的灵魂。然而，这些由凡人血汗凝成的绝美玉器，在祭祀仪式中会被投入熊熊烈火，化作缥缈的玉晶飘散向天空，留下的残渣被掩埋入地下。这个仪式被称为"燔玉"。在通常的祭祀中，用作燔玉的祭品只有一两件，而在东皇太一的祭典中，燔玉则不计其数。那些依附在玉器上的灵魂，也随之消散无踪。

但为了取悦东皇太一，人们认为这些牺牲都是值得的。接下来献上的是珍馐美食：桂花酒、花椒酱、用香草蒸制的肴肉。随后，鼓声大作、竽瑟齐鸣、歌声响起，无数盛装巫女同时起舞，舞姿优美。此时，全楚地的人们都会跪拜下来，衷心祝愿东皇太

一快乐安康。歌颂之声响彻云梦泽、洞庭湖、长江、湘水等地,传遍荆楚大地的每一个角落。然而,这场铺张到极致的祭典和直上九霄的祈祷之声,却从未得到过任何回应。与其他荆楚的神祇不同,东皇太一既不降临人间,也不给予人间任何异象或祥瑞。每一次的盛大祭典,都像是楚地人民一场自娱自乐的表演。尽管为了这场没有观众的演出付出了巨大的代价,人们却仍觉得理所当然。

今年的祭典也照常进行。尽管此时的荆楚大地深陷战乱与其他灾厄之中,但巫觋与民众依然不惜财富与生命,完成了一切奢靡浮华的筹备工作。盛大的祭典进入了高潮,无数人跪伏于地,在巫女的狂舞中向着虚空膜拜祈祷。燔玉之火已经燃起,袅袅的玉晶开始飞向天际。而这位从未在人间展现真容的大神,也一如既往地毫无回应。

然而,这一次,在祭坛的角落中,一个瘦小的少年巫觋偷偷地抬起了头,遥望着古井无波的高天,嘴中喃喃低语:"穆将愉兮上皇,上皇,却可否赐我等生民安康?"而他的肩膀上,一只毛色鲜艳如血的杜鹃鸟正不断发出哀鸣。这只杜鹃曾经是一个人,他的名字叫作杜宇。他更曾有一个神秘而高贵的身份:古蜀国国君,人称"望帝"。古蜀国便是后来三星堆的所在,而杜宇的遭遇便是那千古名句"望帝春心托杜鹃"的来处。

但一个人间的帝王为何会化作啼血的杜鹃?只有杜宇自己清楚,这一切都是拜这不见首尾的东皇太一所赐。其实,哪有什么东皇太一,他根本就是曾经居于东海扶桑树上,拥有十个金乌儿子的天帝——帝俊。杜宇用了不知多少年时间,靠一双翅膀从古蜀国的崇山峻岭中飞出,一路飞遍万里长江,最终到达东海。追寻着唯一的线索——一只外方内圆的玉琮的来历,杜宇终于将整个事件的来龙去脉探查清楚。那是一场席卷上古洪荒、古神、精怪、凡人的浩劫。浩劫之后,除《山海经》外,世间再无典籍记载帝俊之名。

但事情并未就此结束,天地间依然暗流汹涌。望帝杜宇,便是这暗流中一个微不足道的牺牲品。尽管他明了因果,但他所发出的声音,世间听来只是"布谷、布谷"的鸟鸣。他飞遍九州,鸣叫到啼血,只为寻到世间一位能听懂他的叫声,将他得知的真相昭告天下的人。或许是自有天意,他最终寻到的知音,竟然是东皇太一的巫觋。而东皇太一,不过是帝俊被流放到荆楚后隐姓埋名,意图东山再起所用的称号。

"你本为古神魁首,东夷众生皆尊你为天帝。但你却只将这些崇敬你的凡人当作牲畜,一味让他们倾其所有的祭祀,为你献上念力。"瘦弱的少年巫觋迈步登上祭坛,衣袂飘舞。

"良渚古国如星汉灿烂,却因为你对燔玉的需索无度,而倾尽了国力去寻找美玉。最终,只因无法满足你的欲求,你便降下洪水将其覆灭。"巫觋的步伐虽然微微颤抖,却又无比坚定。他指着天空,手指如长剑般笔直。

"凡人对你有怨,你便放纵金乌与六凶为祸苍生。最终大羿降世,得昆仑神祇相助,连你的女儿嫦娥都背叛了你。终于让你如丧家犬般逃入云梦泽与洞庭湖。"巫觋迎着燔玉的烈焰,天地间的精气开始聚集。虽然他身躯瘦小,但发出的声音却如黄钟大吕般震撼人心,传遍荆楚大地。

"你从此不敢以真面目示人,却用神通蛊惑荆楚的神祇与世人,让他们尊你为最高神。又让手下行走九州,伺机夺取祭祀念力。"天空隐隐传来雷声,巫觋高高昂头,直面苍天。"你让鳖灵夺古蜀国国祚,随后便要国人以倾国之力祭祀。一如当年良渚古国,不出百年,古蜀国必如良渚般覆亡。"

祭坛上,燔玉之火依然熊熊燃烧着,与已然变得狰狞、雷光大作的天空形成鲜明对比。巫觋身躯如巨浪中的扁舟，但声音依然清晰而坚定。"再之后，是否便该轮到这楚地大好山河了？这年复一年穷奢极欲的燔玉祭祀，东皇太一，你又可曾为楚地凡人降下过什么福祉？"

巫觋身处祭坛最高处，转身面向荆楚大地上的人们。"神佑人间，祭祀本为天道。但若事事以神谕为先，没了人的主见，那又与我们圈养的牲畜何异？今日我以我身为祭，唯愿自此楚地万民不再为神祇一己私欲所苦，永绝此劳民伤财的燔玉祭祀。"

说罢，巫觋与肩上的杜鹃鸟一起纵身跳入燔玉的烈火之中，瞬时火光冲天，天地为之动容。天空惊雷收敛，似乎之前什么也没有发生过。但云中、江水中、山林中，荆楚的神祇们以及荆楚万民的眼中都闪耀出了不同的光芒。

东皇太一

吉日兮辰良,穆将愉兮上皇。抚长剑兮玉珥,璆锵鸣兮琳琅。
瑶席兮玉瑱,盍将把兮琼芳。蕙肴蒸兮兰藉,奠桂酒兮椒浆。
扬枹兮拊鼓,疏缓节兮安歌,陈竽瑟兮浩倡。
灵偃蹇兮姣服,芳菲菲兮满堂。五音纷兮繁会,君欣欣兮乐康。

云中君

关于云中君

云中君仅在楚地神话里有记载，其身份众说纷纭，是一位难以捉摸的神明，真面目相当模糊。其性别亦不明确。

据一些传说，云中君是与东君相辅相成的二元神；而另一些则主张其为雷神、云神或云梦泽之神。

因此，"如坠五里雾中，看不分明"成了云中君最鲜明的形象，凸显了其神秘莫测的特质。

《九歌·云中君》着重描绘了云、光以及深沉的思念之情。

想象永远是最为美好的，因为它能孵化出无数的故事和可能性。

值得一提的是，云中君近期在《王者荣耀》中获得了广泛关注，与角色"瑶"构成了热门的CP组合。

为此，我们将从瑶的视角出发，为云中君编织一则充满想象和思念的温馨故事。

"瑶"的思念

在云梦泽畔，瑶缓步走上自己用树枝、藤蔓和花束搭设的祭坛。她的身体和长发刚刚用香兰浸泡过的清水沐浴过，散发出芬芳清雅的气息。她身着一件泛着七彩流光的长袍，并非由任何桑麻织成，而是由瑶的本体所幻化。瑶并非人类的巫觋，而是一只名为"天禄"的七色神鹿。现在，她以人形之姿登上祭坛，为的是祈求云中君的降临，来解救荆楚大地遭受的严重干旱。同时，她也怀揣着一丝期望，或许这次能够一睹云中君的真容。

与此同时，在楚地的无数祭坛上，巫觋们如同瑶一般，经过兰草沐浴后，身穿华美的祭祀服饰，虔诚地祈祷着云中君的降临。渐渐地，天空涌起了厚重的云层，越积越厚，几乎低垂至地面。云层中隐约可见巨龙穿梭其间，所经之处被瞬间点亮，绽放出比日月还要绚烂的五彩流光。那是烛龙牵引着云中君的天车所散发的霞光。随着强烈到令人短暂失明

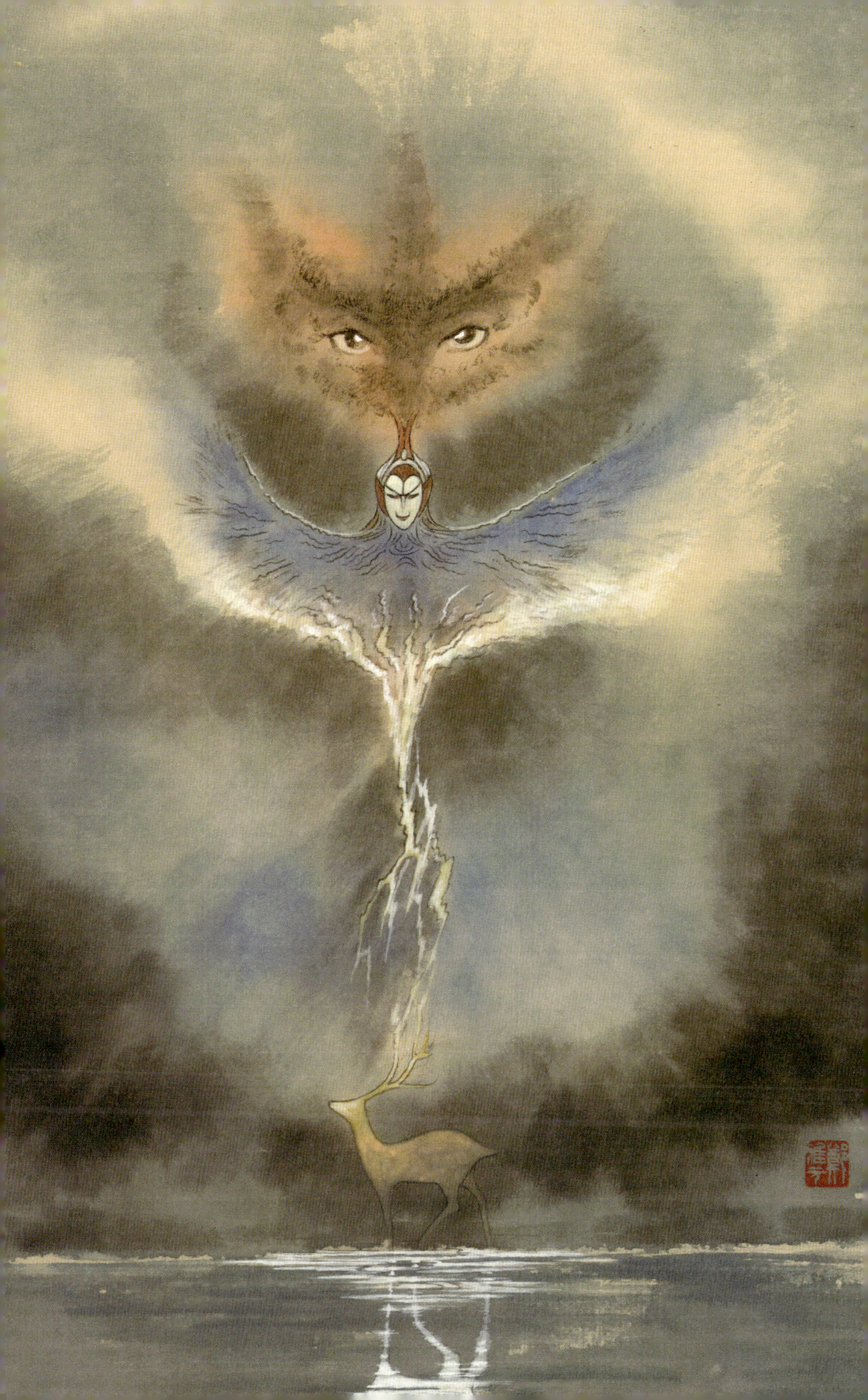

的流光而来的，还有云中隐隐的沉雷声，一声声积聚着力量。云中君即将降临。

然而，人们永远无法窥见云中君的真面目。与荆楚所有的神明不同，云中君绝不向世间显露自己的真身。云中君诞生于云梦泽，而云梦泽据说源于上古神兽的一场恶斗。云梦泽本是荆楚一片巨大而平静的湖泊，名为大泽。在上古的某一天，一位古神与一只凶兽展开了惊天动地的激战，在激战白热化时，双双从天坠入大泽。古神的南明离火与凶兽的剧毒相互交织，引发了大泽的沸腾，从此湖面上永远弥漫着无法消散的氤氲。自那时起，大泽便化作了云梦泽，而其中的氤氲则孕育出了云中君。

云中君的体内，一半流淌着古神神火的纯净与炽烈，另一半则流淌着凶兽的诅咒与奇毒。由于古神的尊严不允许世间平凡的生灵看到其丑恶的一面，云中君从不在人间显露自己的真容。当云中君降临人间时，人们所能感知到的只是撕裂天空的闪电和随之而来的震耳欲聋的雷鸣声。世间所有制造干旱的凶兽都会在他的雷霆一击之下化为灰烬，随后大雨如注倾泻而下，给大地带来滋润与生机。

在这样的天降之恩中，有时也会有其他的生灵被云中君雷电的力量所波及。当初，瑶被人类的巫术捕获，即将沦为看守坟墓的傀儡，正是云中君化身雷电降临，将她从永世的深渊中解救出来。再一次，毫无悬念地，只是一个瞬间，云中君化身的巨大闪电将在人间造成大旱的颙鸟劈成了齑粉。接着，一声惊雷过后，暴雨倾盆而下。荆楚所有的人脸上，泪水与雨水交织在一起，歌颂着云中君的恩德。然而，云中君没有停留。瑶同样泪流满面，仰望天空，她依然没有见到云中君的真容。她抖了抖身体，露出了七彩神鹿的本相，那是她曾被云中君拯救时的模样。奔跑吧，也许终有一天云中君会降下真身与她相见。

瑶：源自游戏《王者荣耀》中的角色设定——云中君的爱慕者，在此引用此角色是为了让观众产生清晰的联想。

颙鸟：记载于《山海经·南山经》中的异兽，其状如猫头鹰，人面四目有耳，见则天下大旱。

云中君

浴兰汤兮沐芳,华采衣兮若英。
灵连蜷兮既留,烂昭昭兮未央。
蹇将憺兮寿宫,与日月兮齐光。
龙驾兮帝服,聊翱游兮周章。
灵皇皇兮既降,猋远举兮云中。
览冀州兮有余,横四海兮焉穷。
思夫君兮太息,极劳心兮忡忡。

东君

关于东君

《九歌》中的东君，这位太阳神，与古希腊神话中的阿波罗有着诸多相似之处，仿佛两者是异域同胞。或许，他们之间的相似性甚至超出了我们的想象。

他们都是风度翩翩的公子，周身光芒四射，其俊美之姿凌驾于众神之上。他们的性格都风流洒脱，对音乐和美酒有着浓厚的兴趣，而他们的周围也总少不了美女的陪伴。此外，他们的箭术都是无双的，能够弯弓射落星辰。总的来说，他们就像是那种光芒四射、典型的网络小说男主角，具有"霸道总裁"的气质。

而"西北望，射天狼"的情节，仿佛是为他们量身定制的冒险历程。因此，关于东君的这一篇章，几乎不需要我们添加任何内容，它就是一篇写于两千多年前的爽文，可以直接在抖音上发布，与当代读者分享。

太阳照常升起

这位男子就是东君，司掌太阳之力的神祇。与其他神明如冷酷的大司命、恩威难测的少司命，以及永远不以真面目示人的云中君不同，东君热爱人间烟火，从不吝惜将他的笑容洒向大地，给予世间温暖。他特别钟爱人类酿造的美酒，认为那是神都无法创造之物，其中蕴含着宇宙的终极秘密。痛饮佳酿后，他仰卧在天车之上，任凭衣袂随风飘动，欣赏着星汉灿烂的美景，流连忘返。这就是他所追求的大道中的"逍遥"。

东君也深爱着人间那些美丽的巫女。在楚地，祭祀东君是最热闹也是最欢乐的祭典。没有悲怆的舞蹈，没有甘愿献祭的灵魂，只有狂饮美酒和火辣辣的欢乐。东君并不在意纡尊降贵来与凡间的女子共同起舞，因为巫女们妖娆的身姿和舞姿让他感受到天生万物的美好，进而用更炽烈的燃烧来给予世间更多的光和热。

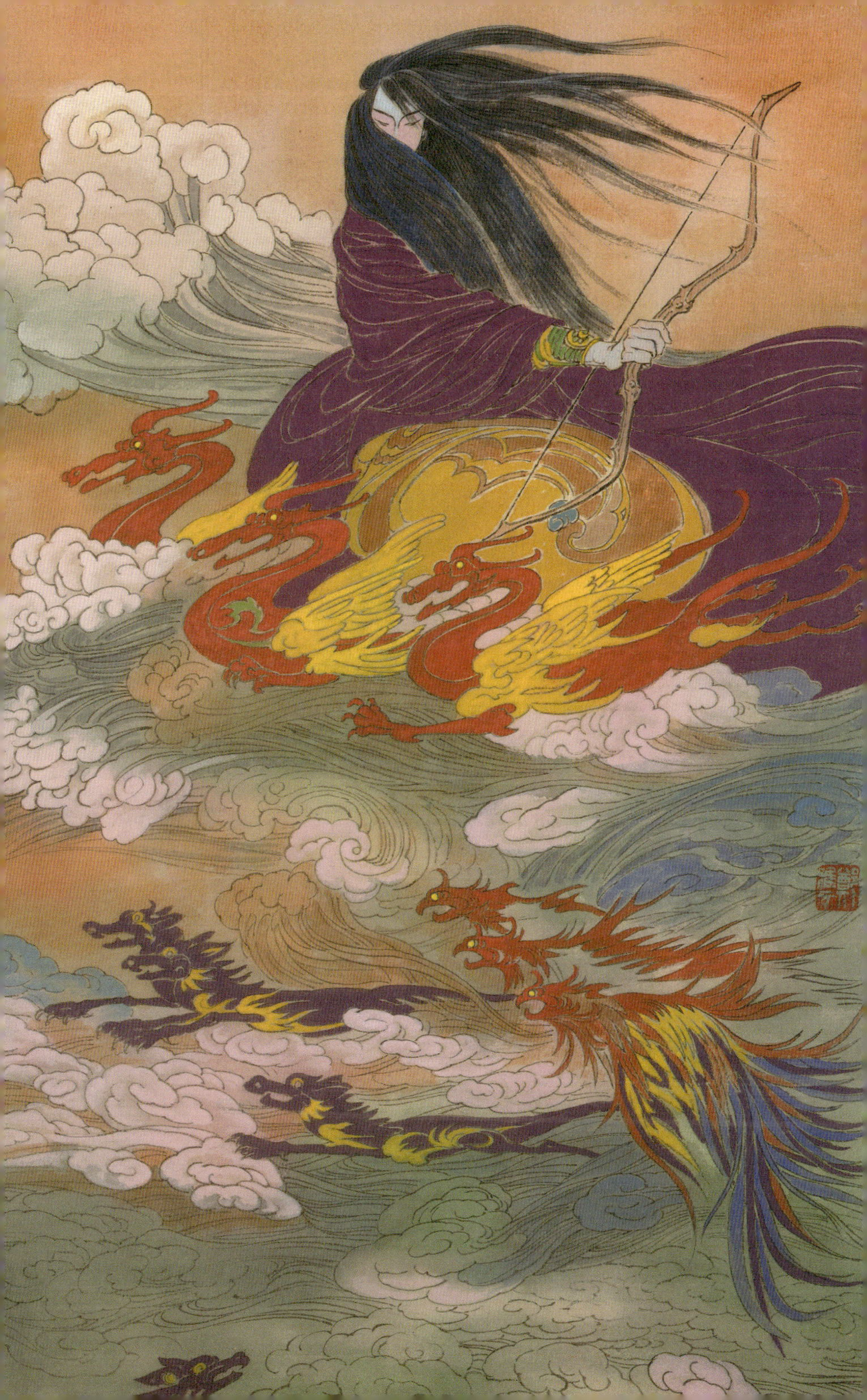

然而，今天有些不同寻常。当东方既白之际，西北方的天穹上亮起了一道诡异的星光。那是天狼星又一次苏醒了。天狼星是宇宙中的掠食者，以吞噬其他星体为生，虽然遥远，却是一个极为危险的存在。而东君的职责，除给予人间光与热外，还要随时防备天狼星的入侵。

于是，东君整理好长袍，坐起身，遥望西北方向。他的长歌声在天地间响起，给予人们勇气和希望。在人间的祭坛上，那些陪伴着东君狂饮后陷入宿醉的巫女们也纷纷从睡梦中坐起，开始了新的舞蹈。这一次的舞蹈不再是炽烈的欢乐，而是一股股对生命的渴望，它们化作了东君手中晶莹剔透的弓箭。他凝视着西北方向的天狼星，搭弓射箭。一箭横亘银河，北斗七星闪耀，天狼星再次暗淡下去。

"快快拿酒来！"东君豪迈地呼喊着，声音中透露出一种不羁的豪情。天车载着豪饮琼浆的东君冲破云霄，冲上天际。新的一天开始了，太阳照常升起，金色的阳光洒满大地，给予世间无尽的光明与温暖。在这样的光芒照耀下，万物生长，人们忙碌着开始新的一天。

东君

暾将出兮东方,照吾槛兮扶桑。抚余马兮安驱,夜皎皎兮既明。

驾龙辀兮乘雷,载云旗兮委蛇。长太息兮将上,心低徊兮顾怀。

羌声色兮娱人,观者憺兮忘归。緪瑟兮交鼓,箫钟兮瑶簴。

鸣篪兮吹竽,思灵保兮贤姱。翾飞兮翠曾,展诗兮会舞。

应律兮合节,灵之来兮蔽日。青云衣兮白霓裳,举长矢兮射天狼。

操余弧兮反沦降,援北斗兮酌桂浆。撰余辔兮高驼翔,杳冥冥兮以东行。

大司命

关于大司命

《九歌·大司命》这篇文章,无疑展现了浓浓的楚国风情。其中,我们既可以感受到对神明的崇敬之情,又能体会到"吾,蛮夷也"所代表的来自蛮荒的原始生命力。这种独特的美,正是两千年前荆楚文化所独有的,并且在《九歌·大司命》中得到了充分的体现。

大司命,作为掌管生死的死神,他的存在无疑带着滚滚天威,让人不敢有丝毫亵渎。然而,在荆楚地区对大司命的祭祀大典上,巫觋的颂词中竟然表达了对爱情的渴望。这种在祭祀场合对爱情的追求,显示了两千多年前的楚国人具有大胆和开放的思维。他们敢于挑战传统,将爱情与神明相结合,展现了一种别具一格的信仰表达方式。

在对爱情的描绘上,大司命的故事更是被创作得深情而虐心。当这个故事被分享到抖音上时,竟然获得了近千万次的播放量。这一数字无疑证明了《楚辞》的魅力与跨越时空的能力。谁说古老的《楚辞》不能在现代社交平台上传播？事实证明，有些东西确实可以超越文字和时代的限制，触动人们内心深处的情感。

大司命，中国神话中的死神，被赞誉为最酷最帅的神明。在他身上流传着一段凄婉的爱情神话，被载入《楚辞》之中。今天，我将为你讲述《九歌·大司命》的故事。

在祭台之上，巫女的狂舞终于停歇。连续三天的舞蹈让她体内的关节和脏器破碎不堪，她七窍流血，身体化作一滩柔滑的液体，流淌在祭坛上。尽管如此，她的脸上依然挂着笑容，与之前的数次死去一样。因为她深知，她即将与大司命相伴。

高天之上，天幕缓缓分开，仿佛有巨人在推开两扇顶天立地的大门。天门洞开，没有神仙下凡时的霞光普照，涌出的却是遮天蔽日的乌云，使天地瞬间失去色彩。大司命的出现，意味着死亡的阴影笼罩

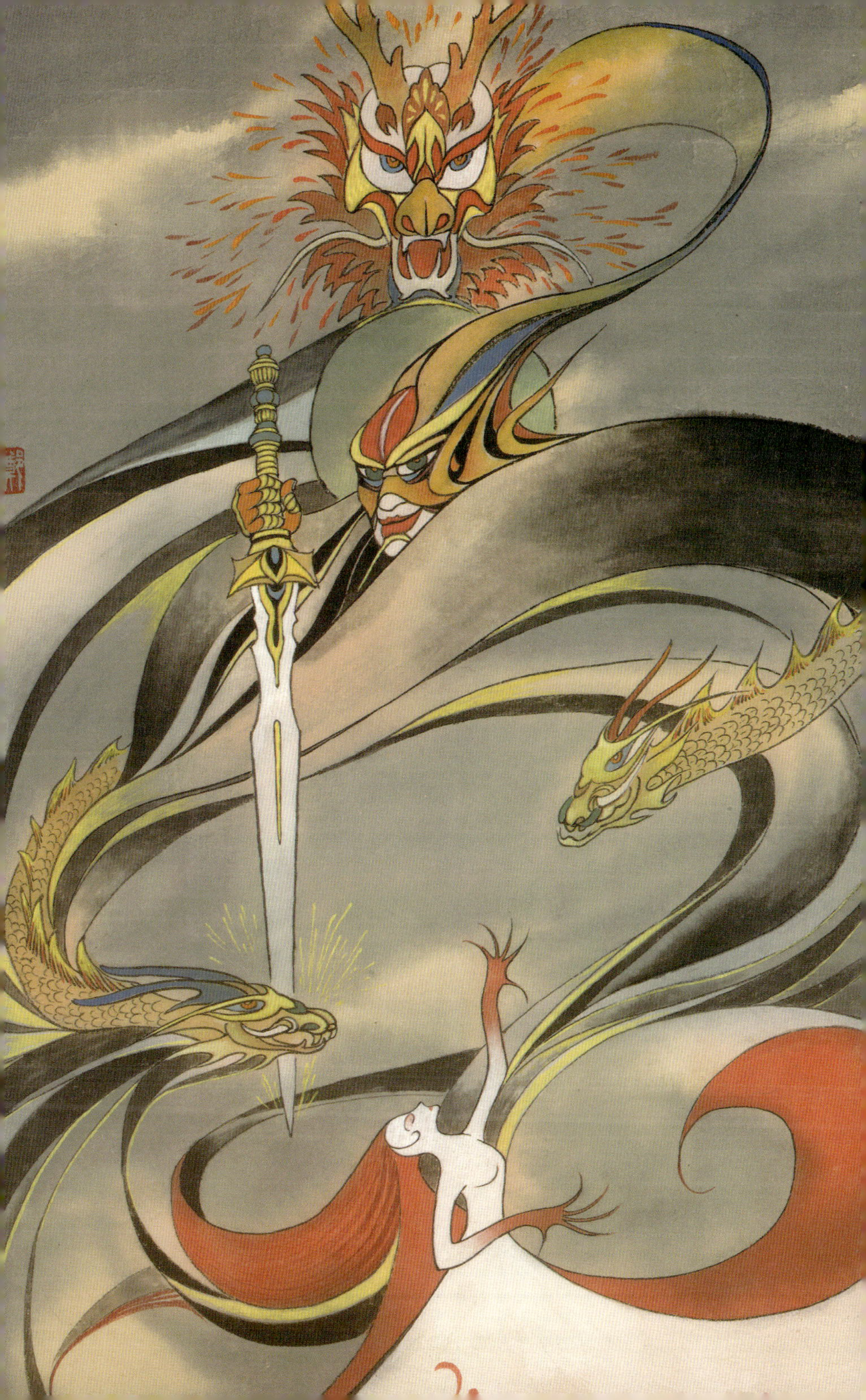

在每个生灵头上。在乌云的威压之下，无人敢抬头仰视他的威严。

风为他吹散污浊，雨水为他冲刷尘埃。大司命的世界是一尘不染的。滚滚乌云中，他一身白色灵衣，高冠美玉，御风而行。天地间只剩下黑白二色。他的面容成谜，但想必是君子如玉、不动如山的吧。

大司命的降临意味着巡行天下，裁判生死。他会选择一位巫女作为他在人间的陪伴者与代理人。唯有最虔诚的祭祀者才能获得这份无上的荣光。然而，"巫"却彻底改变了这一规则。她可能是所有祭祀大司命的巫女中最不虔诚的一位，也可能是唯一敢于在天门开、大司命降临时抬头仰望的人。因为在她的心中，大司命不是高高在上、执掌生死的神祇，而是让她为之倾倒、痴狂的爱人。

这份不虔诚成了她战胜其他巫女的资本。在爱的狂热面前，信仰和敬畏似乎失去了温度。正因如此，"巫"才能毫不犹豫地将自己的一切奉献给大司命。她献出的祭品是其他巫女所不敢相争的——自己的生命。自上古以来，以巫觋的生命为祭品的祭祀并不罕见，但通常都是在面临巨大灾难、生死存亡之际的无奈之举。陪大司命巡天虽是无上的荣耀，但要以生命为代价，再虔诚的巫女也会三思而后行。更何况这种生命献祭方式并非简单的死亡过程。常用的方法包括"焚巫"，即在烈火中吟诵祭辞直至灰飞烟灭；另一种则是"曝巫"，被绑在山顶祭台上的巫觋会在暴晒和饥渴中慢慢死去；还有一种仅为少数巫觋所掌握的"桑林之舞"，这是中原商王朝最神秘的祭祀方法。巫觋们会在服下通神的迷幻药后感知天地的律动并起舞，逐渐陷入疯狂状态直至精血沸腾、力尽魂消。

无论哪一种方式，其中的苦痛都是常人所难以承受的。而"巫"，却经历了所有这些方式，一次次以最惨烈的死亡，将自己的灵魂送上大司命翱翔九天的飞车。尽管承受着非人的痛苦，但对于"巫"来说，死亡是快乐的，因为那意味着她可以来到心上人的身边。然而，真正令她痛苦和困惑的是：明明死亡应该只有一次，为何她会一次次地重新复活？

她曾以为，只要在祭祀中死去，灵魂便会被大司命收走，永远停留在他身边。但不知为何，她总会在大司命返回天门后，在祭坛上复活。这让楚地的民众将她视为天命赐福的大巫，然而只有"巫"自己清楚，每一次的死亡都是真实的，但她所渴望的永恒之死似乎遥不可及。她不怕死亡时的痛苦，却害怕死后复活时的失落。

终于，再一次通过死亡登上大司命的天车后，"巫"做出了一个决定：她要向高高在上的死神表白一个凡人的爱情。在天车之上，"巫"的魂魄时而翩翩起舞，时而虔诚地跪伏，向大司命诉说：她愿意放弃生命，只希望永远陪伴在大司命身边。然而，大司命只是冷冷地看了她一眼，那是他第一次直接将目光投向她。

当大司命的天车在烛龙的牵引下一飞冲天，消失在天门中，漫天乌云散尽时，"巫"又一次在祭台上复活了。但这一次的复活，她心里似乎没有那么痛了。大司命的那一眼让她明白，在掌管世间生死的大司命看来，这洪荒宇宙之中，没有什么能重于生命。因为死亡是必然与永恒的归宿，而生命存在的那段时间才显得如此珍贵。所谓的情爱不过是生命本身的一段小小插曲，没有了有血有肉的生命，只有情爱的魂魄是无处栖息的。

在大司命眼中，"巫"用生命献祭的行为，意味着她将最宝贵的东西奉献给了自己，而他也以最宝贵的东西来回赠她——再次赐予她生命。然而，这最珍贵的馈赠却成了"巫"最痛苦的折磨，让她一次次经历最惨烈的死亡、一次次的别离和失落。最终，"巫"明白了，献祭自己的生命并不能获得大司命的爱。从此以后，楚地少了一位巫女，多了一位带着深深思念生活的女人。女人的思念日渐深沉，静静等待着走到生命尽头的那一天。或许到那时，就是她能与大司命再次相见的时候。这就是楚辞《九歌·大司命》所讲述的故事。

大司命

广开兮兮天门,纷吾乘兮玄云。令飘风兮先驱,使涷雨兮洒尘。
君回翔兮以下,逾空桑兮从女。纷总总兮九州,何寿夭兮在予。
高飞兮安翔,乘清气兮御阴阳。吾与君兮齐速,导帝之兮九坑。
灵衣兮被被,玉佩兮陆离。壹阴兮壹阳,众莫知兮予所为。
折疏麻兮瑶华,将以遗兮离居。老冉冉兮既极,不寖近兮愈疏。
乘龙兮辚辚,高驰兮冲天。结桂枝兮延伫,羌愈思兮愁人。
愁人兮奈何,愿若今兮无亏。固人命兮有当,孰离合兮可为?

少司命

关于少司命

少司命，自古以来都是一个众说纷纭、莫衷一是的神明。关于其性别、神格、神职，都存在种种不同的说法。她（或他）既被描绘为美丽慈爱的送子娘娘，又被视为让幼小生命夭折的死神。在《楚辞·九歌》中，我们所看到的少司命，除了拥有爱神与死神这两种面貌，还在香兰麝草的美丽之下隐藏着一副战神的灵魂，率领着楚地子民迎战蚩尤。

在创作这篇关于少司命的文字时，我不断回想起《流浪地球》中过饱和救援的场景，那些场景渐渐转化成了荆楚大地上星星点点的祭台。那种与天争锋、与地斗志的生生不息的精神，正是华夏历经数千年而传承不绝的根本所在。

少司命的祭典是楚地规格最高、最令人期待的祭神仪式之一。每次的祭祀，人们都充满好奇和紧张感，因为无法预知，今次降临的会是少司命的哪一面。

如果降临的是少司命主生的一面,那场景将如梦如幻。秋兰和藤萝在天地间盛开,绿叶如茵,香气四溢。仿佛所有的生机与灵气都汇聚在少司命的身边。而祭祀之后,部落或邦国将迎来众多新生命,呈现一片繁荣景象。

但如果,降临的是少司命主死的一面,那将是另一番景象。黑色的藤蔓和血红的花朵环绕着少司命,迎来了瞬间绚烂的绽放,而又迅速枯萎和化为飞灰。这些飞灰会飘散到千家万户,之后,很多孩子将会夭折。这是少司命将她们的灵魂带到了自己身边。作为既送子又主夭折的神明,少司命在荆楚大地受到的敬畏甚至超过了东皇太一与大司命。

与大司命的祭祀不同,少司命需要由"觋",也就是男性巫师来祭祀。这些"觋"都是经过精挑细选的清秀少年。楚地民众相信,通过选择最清俊的少年来祭祀,可以取悦少司命,使她更多地展现"生"的一面。这些少年与祭祀时漫天的青绿和芬

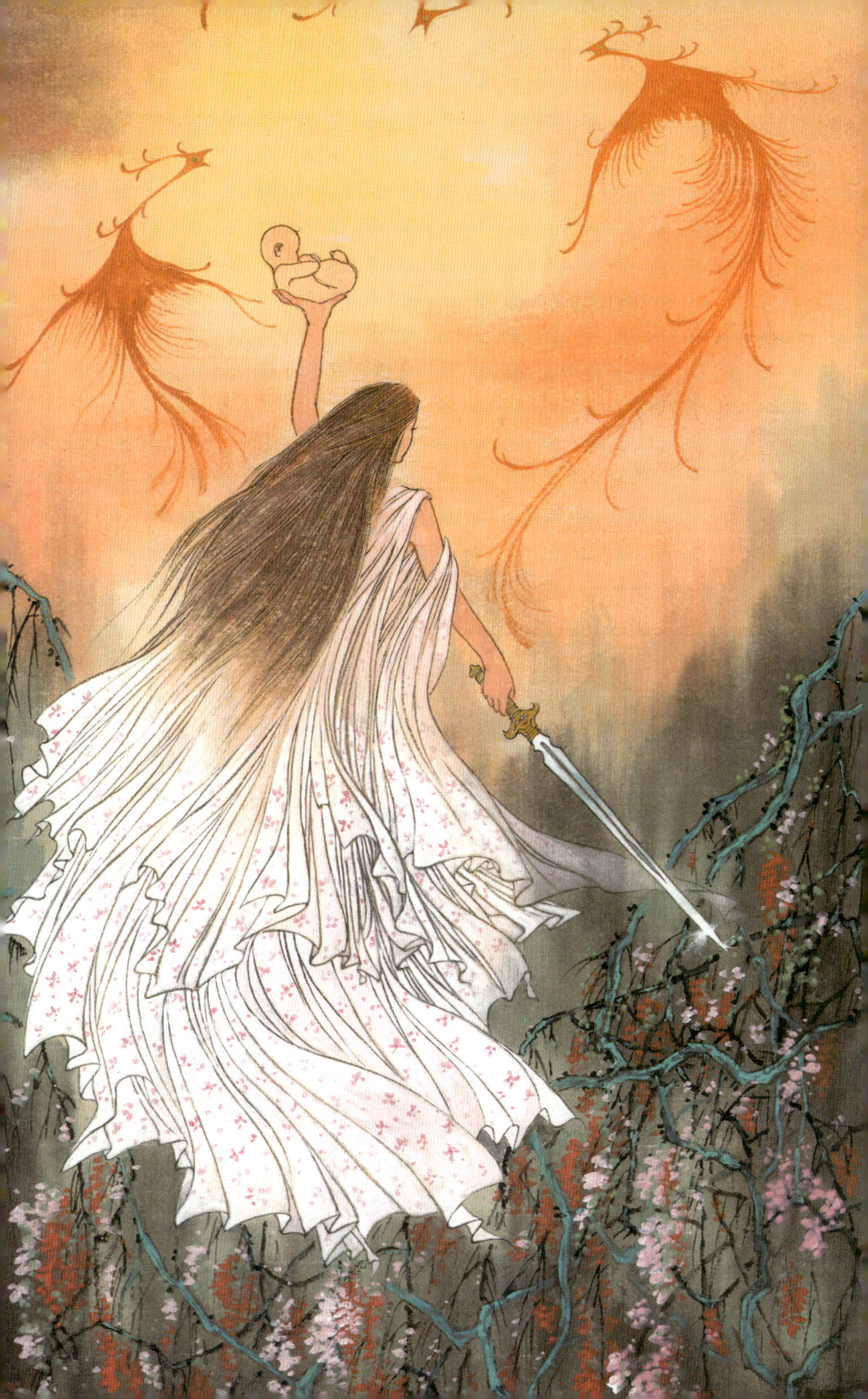

芳相得益彰，美得令人陶醉。

每一位少司命的祭司都是楚地万千少女的梦中情人。但同时，他们也是很多男子嫉妒和鄙视的对象。在这些人眼中，这些祭司只是凭借美色服侍神祇的"软饭男"。

但此刻，荆楚大地的民众已无暇他顾。因为荆楚大地的上空，已被一片血红所笼罩——那是彗星划过天际的景象。而彗星，被认为是蚩尤灵魂的化身，也被称为"蚩尤旗"。彗星的出现预示着战争和生灵涂炭，也意味着将有无数孩子夭折。而生命的夭折，恰好是少司命的职责。于是，荆楚大地上开始了一场前所未有的盛大祭祀，希望迎接主生的少司命降临，为这片土地带来安宁和祥和。上百名如玉般的少年，浑身洁白，环佩叮当，以最虔诚的心开始祈祷。

然而，令所有荆楚人感到绝望的是，血红的天地间涌现出的，是黑色的藤蔓和比天空色泽更艳丽的血色花朵。荆楚万民倾尽所有的念力，却仍然换来了主死的少司命的降临。

血红色的天空上，横亘着被称为"蚩尤旗"的噩兆彗星。缓缓走下神坛的，是被黑色藤蔓与忽然绽放又迅速枯萎的血色花蕾环绕的主死一面的少司命。带来战争的灾星与掌管生命夭折的死神同时现身，使得荆楚大地的人们陷入了深深的绝望。

无数的父母将孩子紧紧抱在怀中，无助地低头恸哭。世间最痛，莫过于生离死别。但作为凡人，他们并没有任何办法，只能万念俱灰地等待着，等待着少司命身旁凋谢的花朵化作的黑灰在世间扬起，然后祈祷那灰不会落在自己家人的头上。

突然，他们的耳边传来了阵阵惊呼声，伴随着祭祀的觋们巨大的吟唱声。他们抬起头，没有看到预期的满天飞灰，而是看到少司命正迈向天空，走向彗星的背影。

女神的手中，多了一柄长剑。死神登天，欲斩彗星。生死是自然之道，少司命的神职便是护佑这生死之道。虽然她会为人间带来夭折之痛，但之后，必会有更多的新生命诞生。而蚩尤灵魂驾驭的彗星，只会带来杀戮与毁灭，甚至是彻底的亡国灭种。

少司命的神格，让她不允许生命被彗星掀起的战乱如此践踏。然而最大的问题是：她是生命之神，不是战神，她并不知道如何战斗。但她依然决意登天，挡在了彗星与人间之间。神躯化剑。血红的彗星里，隐约浮现出蚩尤的狰狞面容。

就在此时，荆楚大地星罗棋布的祭坛中，有一个柔弱清秀的少年巫觋，投身进祭坛熊熊燃烧的篝火里，用火焰点燃了自己。随后，少司命的剑上便亮起了一簇微光。少年用自己的生命献祭，祈求少司命为人间挡住彗星的灾祸。

紧接着，荆楚大地上一个又一个的祭坛也相继亮起来了。这些少年们坚信，能有一个让生命美丽绽放的机会，就是少司命给予的无上恩赐。除此之外，他们别无所求。一个又一个身为祭司的少年巫觋纷纷点燃了自己的身躯，随后一簇念力飞上天空，融入少司命的剑上、身上，因为他们坚信只要少司命还在，世间便依然生生不息，而自己的灵魂也必将被少司命重新带入轮回之中。

跪拜的百姓们终于相信了这一点，他们的号哭声也化作了信仰的力量，凝聚在少司命的手中。少司命挥起手中的长剑，斩向彗星，剑光璀璨，切开了满天红云之崔嵬。当少司命再次降临人间的时候，秋兰、藤萝在天地间盛放，新生儿的啼哭声响彻山河。祭坛已经被清扫干净，新的一批美少年用崇敬与爱慕的眼神凝望着少司命，他们心中充满了对未来的期待和信念。人间生生不息，少司命永存不灭。

少司命

秋兰兮麋芜,罗生兮堂下。绿叶兮素枝,芳菲菲兮袭予。
夫人兮自有美子,荪何以兮愁苦?秋兰兮青青,绿叶兮紫茎。
满堂兮美人,忽独与予兮目成。入不言兮出不辞,乘回风兮载云旗。
悲莫悲,兮生别离,乐莫乐兮新相知。荷衣兮蕙带,儵而来兮忽而逝。
夕宿兮帝郊,君谁须兮云之际?与女沐兮咸池,晞女发兮阳之阿。
望美人兮未来,临风怳兮浩歌。孔盖兮翠旌,登九天兮抚彗星。
竦长剑兮拥幼艾,荪独宜兮为民正。

湘夫人与湘君

关于湘夫人和湘君

在《九歌》中，湘君与湘夫人的故事是紧密相连、无法分割的。这是因为《湘君》描述了湘夫人的情感，而《湘夫人》则聚焦于湘君的思念。这种相互的思念和寻找构成了他们爱情故事的核心。

然而，他们却注定无法真正在一起。两篇诗歌都表达了他们对彼此的深深思念，但在广大的江河湖泊中，他们始终无法找到对方。这构成了一个深沉而动人的悲剧爱情故事，显示了楚人在两千年前就已经能够娴熟地描绘这种类型的"虐恋"题材。

因此，这个故事非常适合现代的抖音平台。不过，直接按照原颂词来叙述可能会让故事显得有些不完整。为了解决这个问题，我们决定为这个凄美的爱情故事补充一些背景设定，使故事更为丰富和完整。这些新增的背景和情节都来源于古籍中关于湘夫人和湘君的其他传说和记载。

经过这样的补充和完善，这个"女频"风格的"虐恋"故事终于跨越了两千年的时光，呈现出了一个完整的故事形态。当我们在抖音上发布这个故事后，大数据显示，观众中女性的比例占据了绝大多数，这也验证了我们的预期。

湘君篇——湘君何在

每年，湘夫人与湘君只能在洞庭湖相聚一次。然而，今年的重要日子，湘君却迟迟未现身。这背后，隐藏着一个由神和凡人共同守护的秘密。

在暴雨如注的日子，湘江与洞庭湖的水位持续上升，大洪水似乎即将席卷荆楚。但在这风雨交加之间，响彻天地的并非雨声或雷声，而是一个女人撕心裂肺地哭泣和哭诉："郎君，你在哪里啊？你为什么不要我了？"那是湘夫人——湘江水神的悲痛呼声。

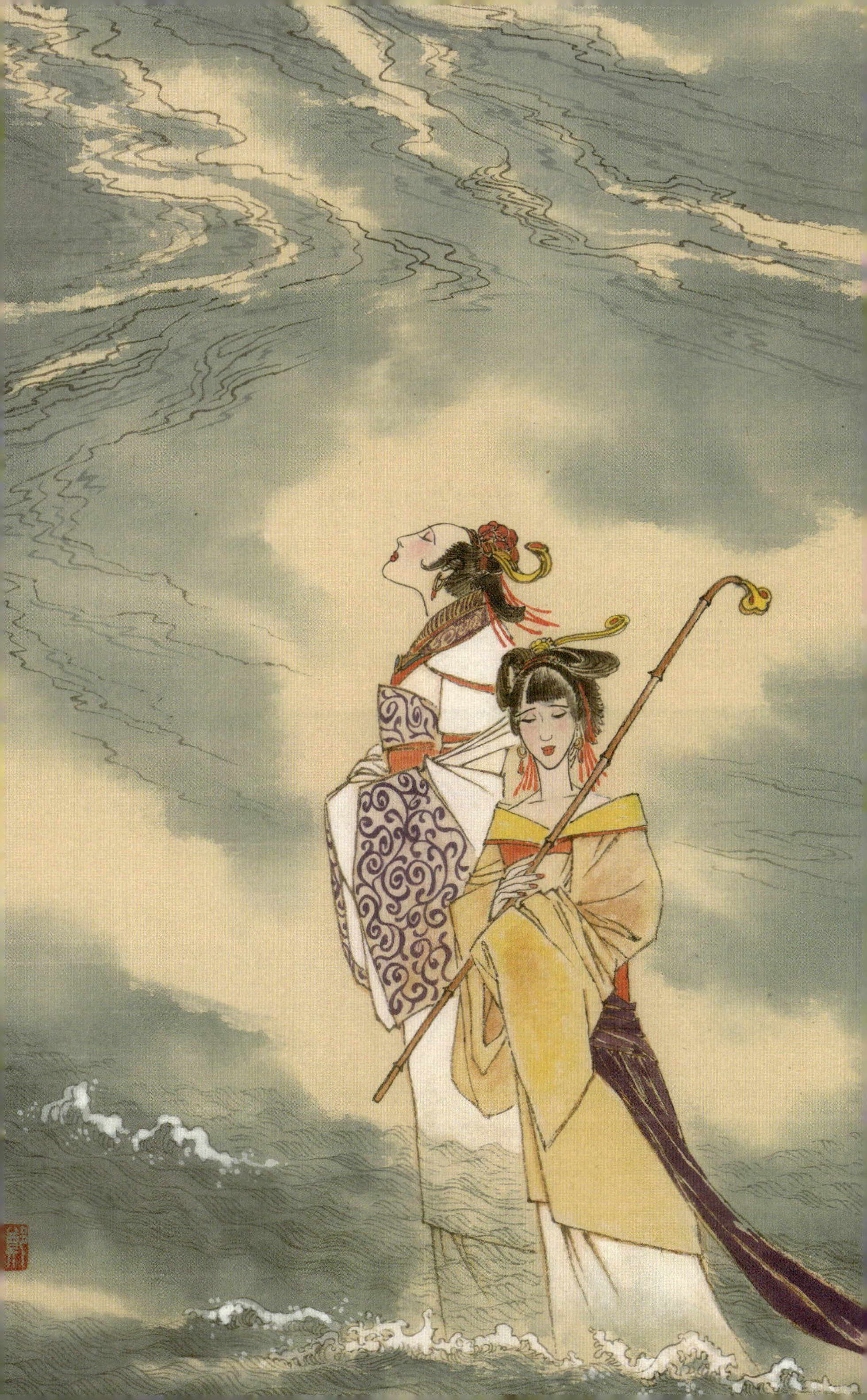

今天，对湘夫人而言，是每年最为特殊的日子。因为只有在今天，她才能与她的挚爱，湘江的另一位水神湘君，在洞庭湖上共度时光。每年的今天，湘夫人都会早早起床，梳洗打扮，然后施展她的神力，使沅水、湘水平静如镜。随后，她会乘坐一艘以薜荔为帘、蕙草为帐、充满香气的桂木花舟，优雅地漂向洞庭湖。

在航行中，湘夫人会站在船头吹奏排箫。此时，湘江与洞庭湖水平静得如同镜面，只有花舟上飘扬的兰草旗帜与湘夫人摇曳的身姿交相辉映，伴随着箫声，令世间生灵陶醉。荆楚的人们也会在这一天载歌载舞，与湘夫人同庆，并祈求随之而来的风调雨顺。

正午时分，湘君通常会如约而至。两位神祇会在花舟上互诉衷肠，恩爱缠绵，直到次日太阳升起。然后，他们再次分开，留下一年的思念与等待。

但今天，阳光已经逐渐西沉，湘君却依然未见踪影。湘夫人的排箫声开始变得紊乱，她不断地眺望远方，但洞庭湖面上却始终没有出现湘君的身影。

时间流逝，黄昏将至，湘夫人终于失去了耐心。原本静静停泊在洞庭湖中心的花舟突然扬帆起航，平静的湖面瞬间波涛汹涌。花舟乘风破浪，开始在洞庭湖上环游，寻找湘君的踪迹。没有找到后，花舟又开始遍历湘江、沅水，所到之处都从风平浪静变为惊涛骇浪。

花舟的速度越来越快，江湖之间风浪汹涌，天空也开始聚集乌云，与大司命、云中君降临时的黑云压城相比也不遑多让。

在荆楚大地上，原本欢庆的祭典已经散去，人们望着天空与江岸面露恐慌之色。太阳终于完全落下山头，湘夫人的最后一线希望也随之消失在黑暗之中。湘君终究还是没有出现。

在花舟上，湘夫人身后的侍女神色越来越慌张，她知道事情的真相，却不能言说。她更加清楚，如果事情继续这样下去，会引发怎样的后果。终于，一声撕心裂肺的号哭响彻荆楚上空，湘夫人瘫坐在花舟上，一声声呼喊着湘君的名字，再也没有了一丝女神的高贵娴静，端庄美丽的女神形象瞬间变成了一个坐地撒泼的疯婆子。随着她的哭声，暴雨猛地从天空倾倒下来，洞庭与湘江的波浪也瞬间更加高涨。天空中，大司命、少司命、云中君、东君各自隐在云端，岸上巫觋们站在祭坛上，面色凝重。没有人敢告诉湘夫人，其实湘君早已经死去，每年和她在洞庭相会缠绵的湘君其实是由人类巫觋扮演的。更没有人敢告诉湘夫人，湘君是因她而死的。就在神和人都一筹莫展之际，洞庭的惊涛骇浪中突然传来了悠扬的笛声。湘夫人猛地抬头，脸上露出惊喜之色，因为她听出来了，那是湘君的笛声。

湘夫人篇——一期一会

湘夫人的痛哭即将引发洞庭与湘江的滔天洪水，然而在这万分危急的时刻，湘君突然现身。但这仅是荆楚真正危机的开始。

长久以来，荆楚大地的神祇与掌管祭祀的巫觋们共同守护着一个秘密：湘君已死，湘夫人已疯。而导致湘夫人疯狂的原因，竟是她亲手杀害了湘君。

湘夫人，原是天帝帝俊，即东皇太一的私生女，曾居住在洞庭之山。她常游历于九江一带，无论沣水、沅水还是潇湘，都能寻见她的芳踪。尽管她姿容绝美、风姿绰约，但她的性格却张扬而暴烈，与洛神那样柔弱温婉的女神有着天壤之别。无论她出现在哪里，都伴随着飓风和暴雨，还有一群身上盘绕着毒蛇的怪力山精随行。曾经，居住在洞庭、潇湘一带的人们最惧怕的不是山精水怪，而是这位任性妄为的湘夫人。

直到湘夫人遇到了湘君。从此之后,洞庭潇湘少了无数疾风骤雨,一年中多了不知多少天风和丽日。他们出双入对,携手同游江汉,成了真正的神仙眷侣。祭祀他们的祭典日也成了楚地最欢愉、最美好的日子之一,不逊于祭祀东君时的狂欢。湘夫人也渐渐发现,护佑苍生、看着人们安居乐业的笑脸、感受他们心中充盈着喜悦的念力,是一件如此令人满足的事情。

然而,一切的美好都随着一只巨大的上古水怪从深渊中苏醒而粉碎了。当湘夫人和湘君用尽所有神通依然无法阻止水怪时,洞庭与湘江沿岸的沃土即将被洪水吞没。这时,湘君选择了燃烧自己的神魂与水怪同归于尽。但需要另一位神祇来引爆他熊熊燃烧的神魂。最终,在洞庭与潇湘的惊涛骇浪和疾风骤雨中,湘夫人亲手点燃了湘君的灵火,天际雷光大作,上古水怪被重新封印入深渊。尽管如此,依然遮掩不住湘夫人那肝肠寸断、穿云裂帛的号哭声。

自此之后，洞庭、潇湘再无神仙眷侣的风流影踪，只有湘夫人终日喃喃自语，言说湘君有事远行，临别许下承诺，每年会来和她在洞庭相会。眼见此情此景，生性洒脱、不拘小节的东君传谕人间巫觋，让他们在湘君陨落的那一天派人扮成湘君模样，来到洞庭与湘夫人相会。令人意想不到的是，一夕相伴后，湘夫人竟然恢复了神志清明。自此，扮作湘君与湘夫人一年一会便成了荆楚独有的祭祀仪式。

然而今年，祭典阴错阳差地被耽搁了。毕竟，湘江太久的风平浪静已经让人们渐渐遗忘了湘夫人曾经的面目。现在，当那悠扬的笛声平复了湘夫人歇斯底里的号哭，看着洞庭湖与湘江节节高涨的水浪渐渐平静，天上的神祇与岸边的人们才松了一口气。但人们都在疑惑，湘君究竟从何而来呢？

没有人注意到，洞庭湖深处那封印上古水怪的湖底深渊中，当湘夫人的哭诉响彻天际时，一缕灵光突然亮起，漂浮上湖面，渐渐化作了湘君的形貌。而现在，最后的一缕光已经在深渊中熄灭，而那深渊中巨大如山的暗影则微微晃动了一下，仿佛预示着未来更大的风波。

石濑兮浅浅，飞龙兮翩翩。交不忠兮怨长，期不信兮告予以不闲。

超骋骛兮江皋，夕弭节兮北渚。鸟次兮屋上，水周兮堂下。

捐予玦兮江中，遗余佩兮醴浦。采芳洲兮杜若，将以遗兮下女。

时不可兮再得，聊逍遥兮容与。

湘君

君不行兮夷犹,蹇谁留兮中洲?美要眇兮宜修,沛吾乘兮桂舟。
令沅湘兮无波,使江水兮安流。望夫君兮未来,吹参差兮谁思?
驾飞龙兮北征,邅吾道兮洞庭。薜荔柏兮蕙绸,荪桡兮兰旌。
望涔阳兮极浦,横大江兮扬灵。扬灵兮未极,女婵媛兮为予太息。
横流涕兮潺湲,隐思君兮悱恻。桂櫂兮兰枻,斫冰兮积雪。
采薜荔兮水中,搴芙蓉兮木末。心不同兮媒劳,恩不甚兮轻绝。

罔薜荔兮为帷，擗蕙櫋兮既张。白玉兮为镇，疏石兰兮为芳。芷葺兮荷屋，缭之兮杜衡。合百草兮实庭，建芳馨兮庑门。九嶷缤兮并迎，灵之来兮如云。捐予袂兮江中，遗予褋兮澧浦。搴汀洲兮杜若，将以遗兮远者。时不可兮骤得，聊逍遥兮容与！

湘夫人

帝子降兮北渚，目眇眇兮愁予。袅袅兮秋风，洞庭波兮木叶下。
登白薠兮骋望，与佳期兮夕张。鸟何萃兮蘋中，罾何为兮木上？
沅有芷兮澧有兰，思公子兮未敢言。荒忽兮远望，观流水兮潺湲。
麋何食兮庭中，蛟何为兮水裔？朝驰予马兮江皋，夕济兮西澨。
闻佳人兮召予，将腾驾兮偕逝。筑室兮水中，葺之兮荷盖。
荪壁兮紫坛，播芳椒兮成堂。桂栋兮兰橑，辛夷楣兮药房。

河伯

关于河伯

河伯的形象实际上代表了古人对黄河的情感——深爱与恐惧并存。当黄河温顺时，它是滋养万物的生命之源；但在多数时候，它则是一个喜怒无常、易于泛滥改道，甚至吞噬生命的巨大威胁。因此，在《九歌》中，那些祭祀河伯的颂词里所描述的美景，其实很多都暗指被河伯夺走的生命与财富。那金碧辉煌的水下世界背后，隐藏着妻离子散、家破人亡的无数悲剧。这也是为什么人们要祭祀河神，希望他能变得宽容，并期盼有大羿这样的英雄出现，来帮助他们制服河伯，带来宁静的生活。河伯的故事实际上涉及地理、文化和历史等多重因素。但在抖音这样的平台上，复杂的背景并不容易被接受。于是，我们选择了一个更容易被大众理解的"渣男"故事作为载体，将这些深层含义嵌入其中，结果出乎意料的好。

报应

他是浮华奢靡、风流无度的浪荡子，尽管拥有绝世美女洛神为妻，却依然不满足，仍不断要求人间为他献上处女。最终，他被射瞎了一只眼，洛神也投入了别人的怀抱。他就是《九歌》中的河伯。

天下有万千江河湖泊，每一处都有水神，但只有黄河的水神可以被称为"河伯"。这个"伯"字，意为长兄，也就是说，黄河是天下江河之首，而黄河水神"河伯"则是当仁不让的天下水神之长。

为何黄河地位如此超然？因为它源出万神之山——昆仑。那里是洪荒古神最高统治者西王母的领地。"河伯"，因此可算是西王母的亲信，根正苗红的"神二代"。

但这个地位显赫的水神之长，却有些德不配位。那时的黄河并不像今天这样被泥沙浸染成黄色，而是世间最清澈的大河。它自昆仑涌出，恍若天降白

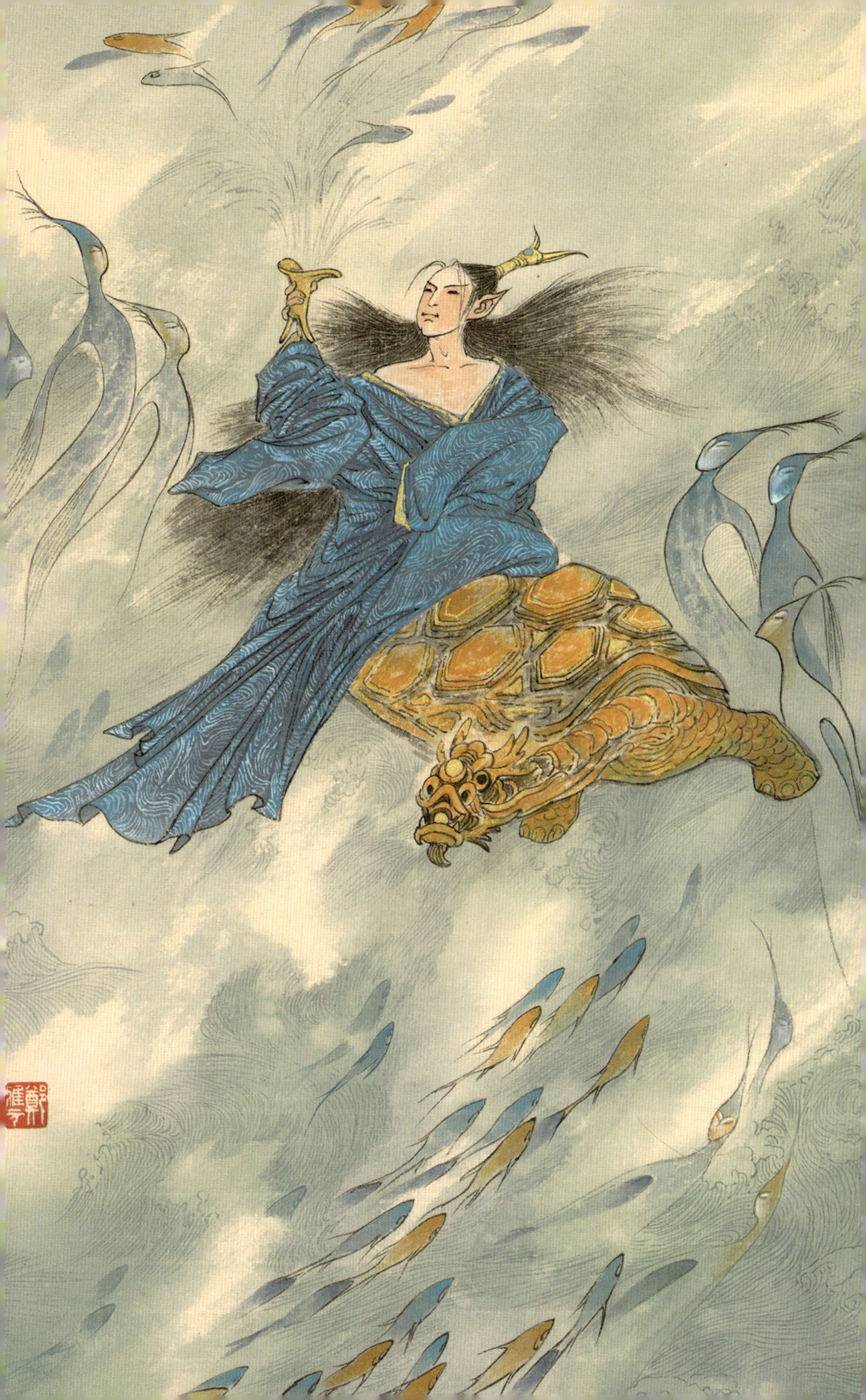

练,一路奔流最终汇入东海。河伯最爱的,便是驾着由骖龙和螭龙牵引的,镶满昆仑美玉与珍珠、贝壳的车子,随着浩浩汤汤的河水一路踏浪而行,往返于昆仑和东海之间。生活在黄河两岸的人们都会用虔诚和盛大的仪式来祭祀河伯,因为水是养育生命的根本。但河伯却并不把人们的祭祀放在眼里,他在意的只有自己是不是乘兴而来,尽兴而去。因此,往往在他一念之间,黄河便会恣意改道,向河伯心之所往的地方奔流。而每一次改道都有无数部落村庄消失于洪水中,无数老幼生灵无端殒命。当然,有时河伯也会慢下游历的脚步,那是因为他发现了沿岸人类部族中的美女。河伯有着不逊于龙蛇族的贪淫好色。他的妻子是洪荒中最美的女神之一——洛神,即后世曹子建的千古美文《洛神赋》和顾恺之画作《洛神赋图》中的女主角。

如此绝世美女,却也留不住河伯那风流蠢动的心。他将黄河两岸所有人类部落城邦都当作了自己挑选后宫佳丽的地方，经常向人类巫觋传谕，要求他们用族中最美丽的处女来祭祀，换取黄河的风平浪静与水产丰饶。谁敢违逆黄河河神的淫威呢？毕竟，全族的性命都与这大河息息相关。于是，每每在亲人的哀号中，一个个花季少女被投入奔流的河水，就此消失于人间。但她们都不过是河伯的玩物而已。河伯会让她们骑上白鼋或锦鲤，在自己用紫色贝壳搭建的奢华宫殿中嬉戏；但一旦河伯对她们丧失了兴趣，便会将如花似玉的少女赶出宫殿，任其在水中沦为鱼虾的食物。

终于有一天，河伯遇到了他惹不起的人。当时他在黄河之滨见到了一名姿色不逊于洛神的女子，兴奋之下化身一条白龙，想将女子裹挟回龙宫。但破空之声响起，一支不知从哪里射来的巨箭直接贯穿了他的眼窝。接着，一名魁梧如山的男子踏浪而来。河伯一头扎入河中，像一只泥鳅般钻入了水中的礁石里，再也不敢出来，因为他认出来了，这男子正是射死九个太阳,又诛杀了六大凶兽的人间弑神者——大羿。而他调戏的女子不用说定是大羿的妻子嫦娥了。

平时张扬跋扈的黄河水神,此时连摇尾乞怜的资格都没有,只是拼命地往礁石沙土里钻,也没有注意到自己的妻子洛神就站在不远处的洛水水面上,满脸爱慕地凝视着踏浪逐龙的人间英雄——大羿。

河伯

与女游兮九河,冲风起兮横波。
乘水车兮荷盖,驾两龙兮骖螭。
登昆仑兮四望,心飞扬兮浩荡。
日将暮兮怅忘归,惟极浦兮寤怀。
鱼鳞屋兮龙堂,紫贝阙兮朱宫。灵何为兮水中?
乘白鼋兮逐文鱼,与女游兮河之渚。流澌纷兮将来下。
子交手兮东行,送美人兮南浦。波滔滔兮来迎,鱼鳞鳞兮媵予。

山鬼与目瑞

关于山鬼和国殇

表面上来看,《山鬼》和《国殇》是《九歌》里风格迥异的两篇。其中一篇描绘的是一个不谙世事,"既含睇兮又宜笑,子慕予兮善窈窕"的山间精灵;另一篇则是赞颂"魂魄毅兮为鬼雄"的守护国家的英勇之魂。两者看似毫无关联,但若我们将这两个篇章互为对照,就能发现:这几乎就如同现代商业电影的剧本,里面涵盖了英俊美丽的角色、跨越人与神的恋情、奇特的精灵、热血的战争场面,以及情节的转折和高潮。若再进一步,将这场祭祀置于春秋吴楚战争的历史背景之下,那么整个故事便又增添了一份历史的厚重感。当观众好奇这个故事是否有出处时,你就可以推荐他们去阅读楚辞《九歌》中的《山鬼》和《国殇》两篇,定会收获颇多。

送别

身为楚王近卫军"乘广"的公子依然紧靠已经倾倒的战车,努力让自己站得笔直。他身上的犀牛皮鞣制甲胄被几支箭矢射穿,但他依然坚定地紧握长戈,凝视前方。驭手和车左的尸体,静静地悬挂在战车的残骸上。在滚滚烟尘的对面,吴国上军的战士们手持长矛长剑,身披铠甲,恍若恶鬼般发起冲锋。

吴国,曾经只是楚人眼中的野人部落,断发文身,刀耕火种。但不知为何,他们突然掌握了比中原更为先进的青铜冶炼技术,甚至率先发展出了冶铁技术。从此,这些曾经弱小落后的野蛮人,摇身一变成了春秋时代最恐怖的人间凶兽。目前,三万吴军已经沿着他们自己开凿的胥河,踏入了楚国的土地。这只凶兽不仅全副武装,更有孙武、伍子胥等顶级军事家和阴谋家为其出谋划策。他们的目的只有一个:消灭楚国。这不再是春秋时代曾经礼仪严

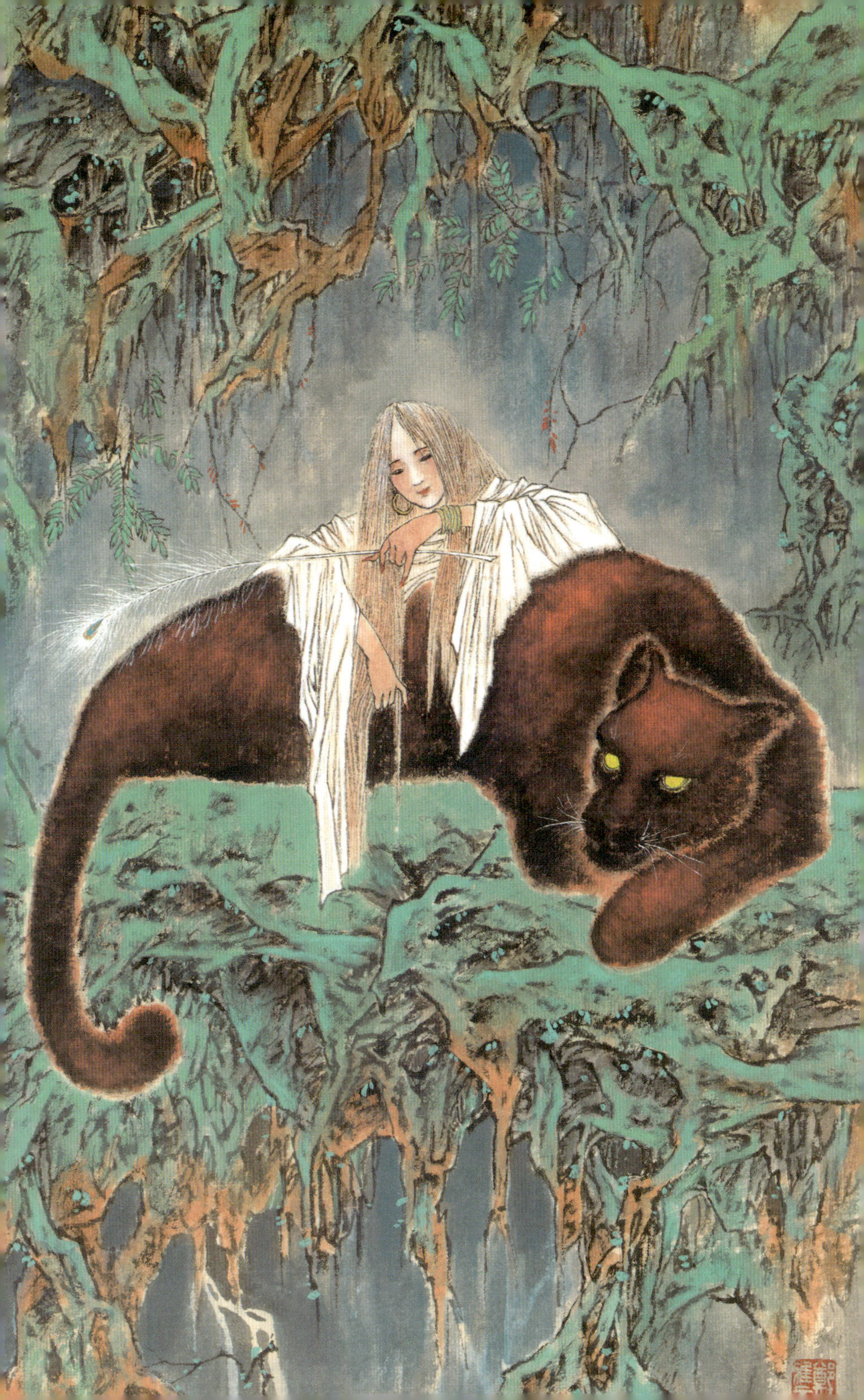

谨、高风亮节的君子之间的战争，而是一场不死不休的亡国灭种之战。

公子，不幸生于这个时代，但他并不后悔走上战场。身后擂起了战鼓，那是代表死战不退的鼓点。公子挺起了长戈，与其他楚国战士肩并肩站在一起，迎着吴军的剑锋冲了上去。他们身后是氤氲缭绕的云梦泽、楚王与神女相会的巫山、晴川历历汉阳树，以及荆楚的大好山河。

与此同时，在山中，一个身披花朵与藤萝编织的衣裳的姑娘正从山泉中欣赏着自己窈窕的身姿，脸上露出了甜美的笑容。随后，她跨上一只火红的豹子，身边还跟随着一只可爱的小狸猫。它们一路从山林深处幽暗的地方向着开阔地走去。虽然路途艰险，但姑娘和小狸猫还是一路快乐地采集着鲜花，并插在头上、身上。她是山鬼，山川灵气所孕育的精灵。此刻，她要前往山外，去与那不经意间在深山中邂逅，从此便两情相悦的公子相见。然而，一个又一个日出日落过去，曾经娇艳的鲜花已经渐渐凋谢，山鬼却依然没有等来公子的身影。山间起风雨了，猿猴的哀鸣在山谷间回荡。

此时的战场上，鼓声终于止息。公子的魂魄从他那曾经风流倜傥，而今却已支离破碎的尸体上缓缓飘起。这一仗，他们胜了，他们脚下的土地依然是楚地。因此，公子与他的同胞们的英灵可以回家了。而那些吴人，若无人收殓尸体，魂魄便只能永远沦为孤魂野鬼，飘荡于此间。然而，公子的灵魂只是呆呆地凝望着远山，那是他最后记得的事情：在山间，有一位叫作山鬼的姑娘还在等待与他相会。

一场盛大的招魂仪式开始了，整个楚地的民众都随着恢宏而悲壮的编钟声咏唱起了那首楚辞——《九歌·国殇》。"身既死兮神以灵，魂魄毅兮为鬼雄"的呼唤响彻云梦泽、巫山，回荡在整个荆楚大地上。连山鬼也被咏唱所吸引，情不自禁地来到山边，远望着祭坛。公子的灵魂忽然抬起了头，远眺这烟雨迷蒙的山,而山鬼泪流满面,整个山林忽然惊风飒飒,如哭泣之声混在《九歌·国殇》的调子里。只有公子听懂了,那是山鬼也在为他送别。

杳冥冥兮羌昼晦，东风飘兮神灵雨。留灵修兮憺忘归，岁既晏兮孰华予。

采三秀兮于山间，石磊磊兮葛蔓蔓。怨公子兮怅忘归，君思我兮不得闲。

山中人兮芳杜若，饮石泉兮荫松柏。君思我兮然疑作。

雷填填兮雨冥冥，猨啾啾兮狖夜鸣。风飒飒兮木萧萧，思公子兮徒离忧。

山鬼

若有人兮山之阿，被薜荔兮带女萝。既含睇兮又宜笑，子慕予兮善窈窕。

乘赤豹兮从文狸，辛夷车兮结桂旗。被石兰兮带杜衡，折芳馨兮遗所思。

予处幽篁兮终不见天，路险难兮独后来。表独立兮山之上，云容容兮而在下。

带长剑兮挟秦弓,首身离兮心不惩。诚既勇兮又以武,终刚强兮不可凌。
身既死兮神以灵,魂魄毅兮为鬼雄。

国殇

操吴戈兮被犀甲,车错毂兮短兵接。旌蔽日兮敌若云,矢交坠兮士争先。

凌予阵兮躐予行,左骖殪兮右刃伤。霾两轮兮絷四马,援玉枹兮击鸣鼓。

天时坠兮威灵怒,严杀尽兮弃原野。出不入兮往不反,平原忽兮路超远。

天问

如何『抖音』《天问》?

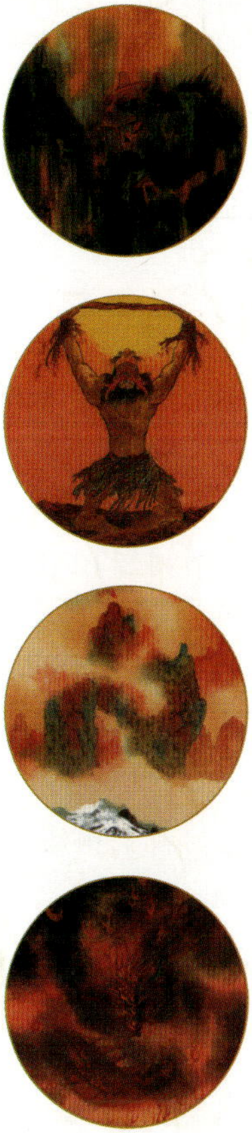

《天问》，关键就是一个"问"字。

在两千年前，屈原就在追问关于这个世界，关于神，关于过去和未来的秘密。

用最美的语言，最浪漫的想象，问出对宇宙和人间最犀利的洞察。

很多问题放到今天的抖音上，也绝对是话题性和兴趣度拉满的。

《九歌》系列意外地在抖音上取得了不错的反响。

我们尝试向抖音粉丝讲述《天问》，用抖音受众能听懂的方式，给出《天问》中一些问题的答案。

通过这些答案，在抖音上构建一个"天问神话宇宙"。

跨越两千年时空，致敬所有在文明之火刚刚燃起，就开始仰望苍穹和星空的先贤。

创
世

问： 在创造天地之前，存在的是何种景象？无尽的黑暗如何衍生出光明？阴阳两股力量是如何实现既对立又统一的？谁，如同工匠，精心雕琢了这一切？

答： 宇宙的起始是混沌，而混沌的破裂产生了大道——这是宇宙的终极规律。随着大道的展开，伏羲和女娲的创世之旅开始了。

楚国人屈原提出的疑问，或许由楚国人自己来解答最为合适。1942年，在长沙子弹库出土的《楚帛书》记载了中国最早也最完整的创世神话，我在想，屈原当年是否曾听闻或浏览过这一版本呢？

关于创世者——伏羲

1942年,长沙"土夫子"们——南派的盗墓贼们,盗掘了长沙子弹库的一座战国楚墓,其中有,一具穿戴整齐、面容如生的男尸、众多的随葬品,以及一份帛书。最终,这份帛书被一位名叫科克斯的美国人从中国古董商手中骗走,现存于美国华盛顿塞克勒美术馆。这就是备受瞩目的"楚帛书"。

这份被誉为全球最早的帛书,隐藏着一个秘密——关于华夏三皇之一的伏羲的真实身份。原来,伏羲并不仅是人皇,他的真正身份是创世神。

根据帛书记载

相反，在洪荒时代，世界被黑暗笼罩，只有一片茫茫的原始海水。伏羲，这位远古神，生于雷泽，居住在睢。他与女填，也就是我们所知的女娲结为连理，并育有四个神子。这四个神子在广袤的原始大海中创造了土壤，开始区分天地、确定上下，他们按照阴阳交合的原则化育万物。这些神子命令禹和契去淹填洪水，继续创造和掌管大地。他们还测量天地，不断地创造世界。

在世界的初创期，河流与山川之间形成了阻隔，导致水流淤滞不畅。为了解决这个问题，四神子命令山川与四海相连通，调和阴阳二气，使山陵通泰。泷、汨、益、厉等天下的河流都得到了疏通。

当时还没有日月，四神子便轮替推步确定四时。他们的名字分别是青干、朱四单、翏黄难和墨干。数百年后，帝俊诞生了日月，世界终于有了光明。但光明出现后，世界又遭遇了灾难——九州大地崩裂、山陵翻滚。于是四神开始补救：他们让天空完整覆盖大地，并使天盖顺向旋转；他们还利用青、赤、黄、白、黑五木之精华加固天空，以保护大地。当灾难平息后，炎帝命令祝融让四神降临人间大地，稳定天之三维与地之四极。炎帝还告诫民众："违逆九天诸神会引发大灾难，所以绝不能侮蔑天神！"此后，帝俊得以制定日月运行的规则。共工氏根据这些规则推定了十干、四季和闰月，制定了最早的历法。所有的天地神灵都按照这一历法运行，从不混乱。共工还将其制定历法的原则传授给了相土——后土。相土进一步将一昼夜细分为宵、朝、昼、夕四个时段，使时间的计算更为精准。

这就是楚帛书记载的关于伏羲创世的故事的译文，这也是中国迄今为止最为完整的创世神话。这段记载中涵盖了众多的上古神话人物——除了伏羲那四个名字奇特的神子，其他的都是我们所熟知的，如女娲、禹、帝俊、祝融、共工和后土等。这些上古神话中的著名人物几乎都在这里聚集了（除了西王母）。而这段记载所描述的创造日月、山川、四时以及治水、补天等事件，基本上涵盖了盘古开天、大禹治水、女娲补天等上古的重大事件，只不过执行这些任务的神祇有所不同而已。此外，像帝俊掌管日月、共工传授后土历法等情节，也与《山海经》中关于天帝帝俊与羲和生十日、与常曦生十二月，以及共工生后土的记载相吻合，这进一步验证了楚帛书所记载的上古创世神话的真实性。

同时，如果伏羲真的是创世大神，那么他能够推演先天八卦也就完全说得通了。至此，我们基本可以确认，楚帛书所记载的才是上古创世神话的真正面貌。而为我们所熟知的盘古开天辟地的故事，很可能是在伏羲创世的神话被埋没之后，为了填补这一空白而创造出来的。原来，在屈原生活的时代，就已经有人解答过他在《天问》开篇提出的问题了。

遂古之初，谁传道之？上下未形，何由考之？
冥昭瞢暗，谁能极之？冯翼惟象，何以识之？
明明暗暗，惟是何为？阴阳参合，何本何化？
圜则九重，孰营度之？惟兹何功，孰初作之？

女
岐

问： 女歧并未婚配，但她如何会有九个儿子呢？

答： 在深入研究了大量神话文献和关于女歧的历史背景后，我们找到了答案。

原来，女歧并非一直单身，她的前身是常曦，即天帝帝俊的妻子。更令人惊讶的是，在明代，她曾与一位人间的书生有过一段情缘。

这位女神的一生充满了太多的悲伤、挫折、努力和对命运的挑战。

这个故事充满了戏剧性，融入了诸如感情纠葛、苦难、挑战等元素，非常引人入胜。

那些看似枯燥的文学著作中，实际上隐藏着许多令人唏嘘的故事。

而帝俊与嫦娥的故事，为我们提供了对上古神话进行整合和推演的背景，或者说，它是构建中国神话体系过程中的一条核心脉络。

这引出了一个在《天问》中并未提及的问题：帝俊究竟去了哪里？

最悲惨的女神

谁是中国神话中命运最为悲惨的女神？尽管你们可能不熟悉她的名字，但你们一定知道她的女儿——嫦娥。而这位女神，就是常曦。

如果只从常曦的身份来看，可能没有人会把她和"悲惨"这个词联系在一起。作为一位女神，她的地位和神格都极高。她是上古东夷最高古神，天帝帝俊的妻子。在整个洪荒世界，地位高于她的古神只有四位：帝俊、西王母、女娲，以及她的亲姐姐，同样身为帝俊妻子的羲和。

常曦并非只是地位高贵,她的神格也同样崇高。她并非只是帝俊的附庸,而是需要运用神通与天地沟通的重要神祇。人间尊称她为"女和月母",她掌管着月亮盈亏带来的潮汐涨落,并执掌太阴历,帮助人间修正历法。这是真正的位高权重。

然而,正如《易经》所言:"亢龙有悔。"当你站在世间的顶峰时,很大的概率,坠落的深渊就在前面等你了。对常曦而言,开启这深渊的,正是嫦娥。

嫦娥是常曦的众多子女之一,也是唯一一个在后世留下名字的孩子。作为月母的常曦,人间传说她生下了十二个月亮。这其实和她姐姐羲和被传说生下十个太阳一样,都是神话中的神话。

对帝俊而言,妻子和儿女只是他的玩物或棋子。羲和与常曦,除了担任他赋予的神职,剩下的时间就是陪他玩乐,为他生下后代。他们的子女大多也像母亲一样，唯帝俊马首是瞻。但嫦娥是个例外。

嫦娥仿佛是洪荒宇宙中专为与帝俊作对而存在的。她就像世间所有的青春叛逆期的少男少女一样，有着自己的想法和追求。她经常偷偷溜下扶桑树，去人间游玩。终于有一天，帝俊突发奇想，决定将嫦娥许配给羲和的九个金乌儿子。这一决定引发了嫦娥的激烈反抗。

嫦娥纵容大禹的父亲鲧偷走了帝俊的宝贝息壤。作为报复，帝俊命令十个金乌儿子飞上天空，形成十日并出的灾难，又派遣六凶祸乱人间。嫦娥为了挽救人间，折断建木的枝条制成弓箭，并假借帝俊的名义将其送给她在人间找到的情郎大羿。最终，大羿用神箭射杀了九个金乌，成就了"射日"的不朽传奇。而嫦娥也杀死了自己的九个哥哥，成功摆脱了帝俊的束缚。

看着宠爱的九个儿子惨死在曾被视为蝼蚁的凡人手中，帝俊对常曦的眼神变得冰冷。嫦娥的行为使他迁怒于常曦。当帝俊全族被以西王母为首的昆仑古神和人间蓬莱修仙一派联手彻底击败，屈辱地离开建木，流放云梦泽时，帝俊看向常曦的眼神已经彻底变成了猎人看待猎物的目光。然而，这只是常曦悲剧的开始。

女人的噩梦通常源于对男性的软弱和屈服，即使像常曦这样曾经高高在上的女神也不例外。

常曦失去了与帝俊共同养育的十二个孩子，即传说中的十二个月亮。其中十一个在帝俊一族被赶下扶桑神树、流亡云梦泽的途中永远消失。唯一活下来的嫦娥获得了长生不老的身体，但代价是被困在荒凉、只有石头的月宫，忍受永恒的孤独。与大羿和母亲常曦天人永隔，永不相见。

这世间没有哪个母亲能够承受如此多的丧子之痛，即便是神也不例外。更何况，这些孩子的死与他们的父亲——天帝帝俊有着直接的关系。但这只是常曦所遭受折磨的开始。

来到云梦泽荆楚之地的帝俊很快发现，此地的凡人最看重的是部落的存续，而非个体的生死。只要有新的生命繁衍，便是安好。于是，他们需要一个生育能力旺盛的神祇，帝俊便将曾经高高在上的月母常曦变成了以生育之神面目出现的女岐。不需要婚配，却生下了九个儿子，这当然是帝俊在背后操纵的结果。荆楚的人们很快开始疯狂地崇拜这位能为部落带来无限生机的女神，并称她为"九子母"。然而，这个称呼对常曦来说只带来了屈辱，并使她想起因被大羿射杀的九个金乌而失去生命的十一个孩子。尽管如此，她仍不敢对帝俊有丝毫反抗。她认为，即使屈辱，这已经是终点了吧。然而时间告诉她：还早着呢。

当帝俊再一次被昆仑和蓬莱联合绞杀，在荆楚也没有立足之地后，他只能接受镇元子——地仙之祖这一充满嘲讽的身份，屈辱地化身为道士形象隐居五庄观。但帝俊并不甘心于此，他仍在寻找东山再起的机会。于是，他决定将常曦献给佛祖。从此，常曦在人间的名号从"九子母"变成了"九子魔母"。

但这还没完。既然已经出卖过一次，再次出卖又有何妨？没过多久，帝俊又把常曦交给了太上老君治下的道教。对于此时的常曦来说，尊严早已成为笑话一般的名词。她没有了家庭、孩子、神格和最基本的尊严，那么她还有什么呢？常曦这样想着，然后想到了自己的女儿——嫦娥，那个虽永驻月宫、忍受苦寒寂寞，但却曾经轰轰烈烈拥有最炽烈情感的女人。于是在人间走到大明王朝的时候，常曦做出了一件惊天动地的事情——来到凡间与一个人间书生相爱，以"玉圭神女"的身份在凡尘上演了一场五味杂陈的爱情故事。那是"九子魔母"最后一次出现在人间，但也是帝俊所有的化身最后一次出现在人间。只有粉碎自己，才有粉碎掉那个无法反抗的恶魔的机会吧。终归，就让那所谓高高在上的神的尊严在世间化为灰烬吧。这悲惨的女神,愿她终于得到想要的解脱吧。

至少,屈原在他的《天问》里写下了关于她的疑问:"夜光何德,死则又育?厥利维何,而顾菟在腹?女歧无合,夫焉取九子?"而关于帝俊,没有一丝一毫的记载。

夜光何德,死则又育?
厥利维何,而顾菟在腹?
女歧无合,夫焉取九子?

伯强

问：瘟神伯强究竟在何处？我们应如何战胜他？

答：或许我们永远无法真正战胜他，但我们绝不能退缩，必须与他正面对抗。

伯强，被誉为上古第一瘟神。

在撰写这篇文章时，我们恰好身处2022年这个特殊的历史时期。因此，我试图通过探讨一些或许是神话或许是现实的事件，来回答屈原曾经提出的问题：我们如何抗击新冠疫情？

对于这个问题，我不能给出更多的答案。面对疫情，我们需要的是坚定的信念、科学的态度和共同的努力。

天问·伯强

从洪荒之外的星辰而来的上古第一瘟神——疫鬼。屈原首次叫出了它的名字，人类与瘟疫的正面抗争就此拉开序幕。楚辞《天问》中的"伯强何处？惠气安在？"为我们揭示了这一秘密。

洪荒初开，一个神秘的神灵乘风而来，源于箕水豹，宇宙二十八星宿中的东方第七宿。它与风合为一体，无形无状，降临洪荒时，无声无息，却为大地带来了无尽的噩梦——瘟疫。

与洪荒中原有的疾病不同，瘟疫具有毁灭性的力量，能在短时间内使强大的部落化为乌有。尽管有神农尝百草带来的医药，但面对瘟疫的蔓延，巫医们常常束手无策，甚至连自己也难免染病。

部落的图腾神无法抵挡瘟疫的蔓延，人们不知其起因，也不知何时终结。恐惧、无助笼罩整个洪荒大地。迁徙成为一些部落的选择，然而这只会加速瘟

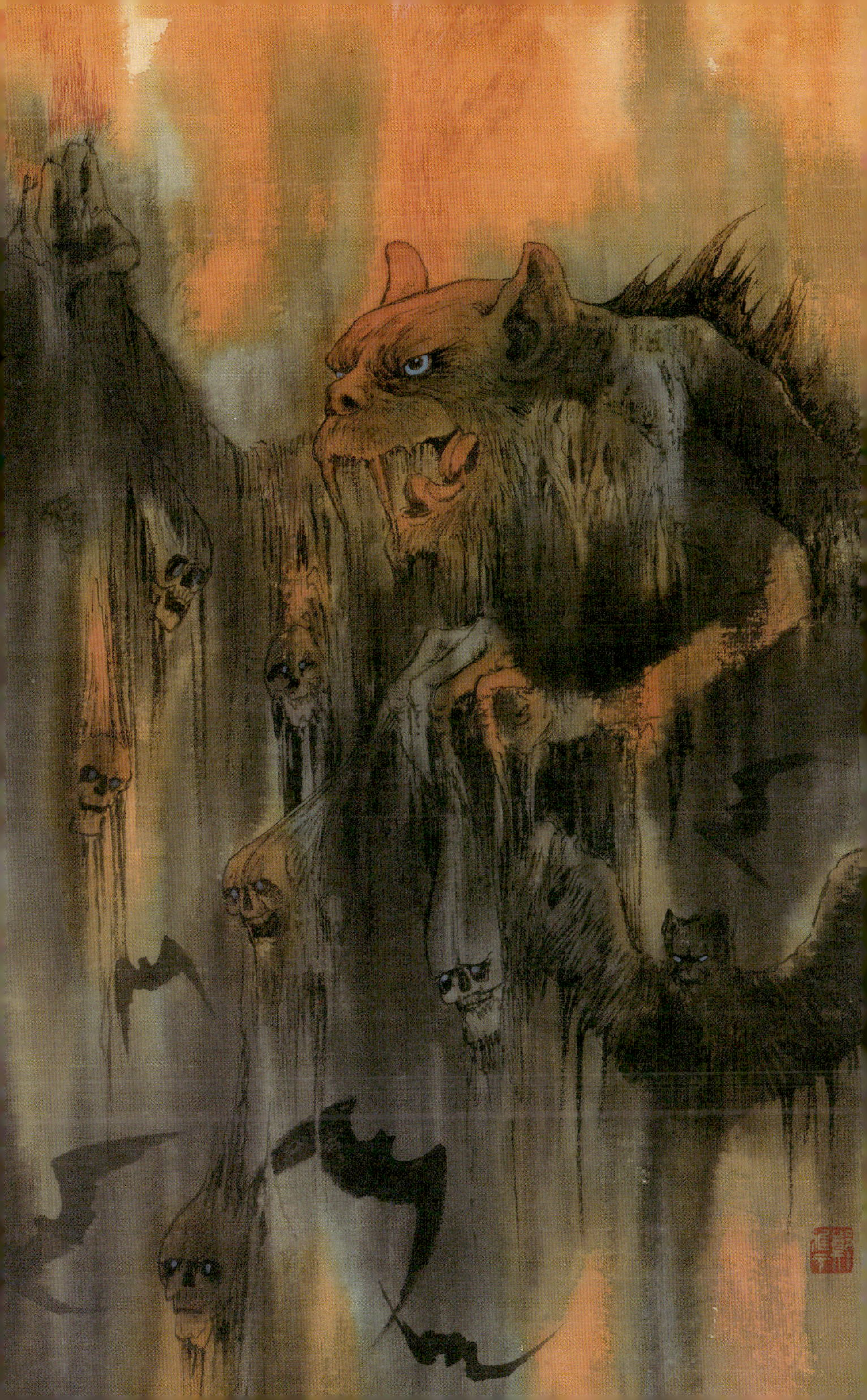

疫的传播。被瘟疫所逼的流民，最终被其他部落联手消灭。

在绝望中，许多人选择了放弃。但总有一些人不信邪，他们代代相传，寻找瘟疫的真相和战胜它的方法。颛顼及其后代付出了巨大的代价，去探寻瘟疫的秘密。《山海经》中有记载，颛顼死后化为半人半鱼的怪物，每当北风吹来便复活。他的三个儿子在追踪瘟疫的过程中被其侵蚀，死后化为传播瘟疫的恶鬼。

经过千年的努力，传承者屈原终于揭开了瘟疫的秘密。他发现了一个无形无质的神灵——大厉疫鬼。它是瘟疫的源头。它随风而动，无固定居所，特别偏爱受灾之地，所到之处暴发瘟疫。风、水、老鼠、昆虫是瘟疫传播的关键要素。

屈原不满足于控制瘟疫的泛滥，他希望永久驱逐大厉疫鬼。为此，他必须要知道疫鬼的真实名字。据后世的《密宗法门》记载：神有九十九亿个名字，一旦其真实名字被念出，凡人便可以窥探神的真面目。只有窥见疫鬼，才可能驱逐它。

疫鬼随风而动，唯有风知晓其名字。

世间谁能真正听懂风的声音呢？就在屈原创作《九歌》的那一天，他结识了望帝杜宇化身的杜鹃，杜宇为他带来了精卫这只能够倾听风声的小鸟。

就在那一天，人类首次从一阵名为"惠风"的旋流中，得知了上古第一疫鬼的真名——伯强。当屈原挥笔在帛书上写下"伯强何处？惠气安在？"的一刻，荆楚大地上狂风肆虐，惊天动地。

这两句楚辞不仅是文字，更是窥破鬼神天机的符咒。从此，伯强，这个来自天外的上古第一大厉疫鬼，再也无法隐身世间。惠气汇聚成罡风，将伯强无形的身体撕碎，随风飘散成无数的尘埃。

这是洪荒人类历史上，首次成功主动驱赶瘟疫的壮举。然而，即使被粉碎成尘埃，依然无法将伯强彻底消灭。它终究会再次聚合，重新为世间带来瘟疫。不过很快，叫出疫鬼伯强之名，再召唤惠气罡风摧毁之的驱疫法门，在世间流传开来。

在随后的历史长河中，每当疫情暴发，人们都会运用这一法门，召唤惠风，驱散疫鬼。从东汉的神童逄盛，到北宋的刘敞，再到元朝的黄潛，华夏子孙一直在与伯强进行不屈的抗争。

然而，伯强的能力并不仅是散播瘟疫。它最强的能力是不断化形，不断改变自己。当察觉到自己的名字已经被人间锁定后，伯强迅速开始了广布疑阵的动作。它在封神战争中扶植吕岳，搞得姜子牙阵营手忙脚乱；他在隋文帝时期幻化成五方力士，导致全国瘟疫横行。

但人类并没有屈服。无论是隋文帝建起五瘟祠进行封控，还是请出道家仙人匡扶真人解决瘟疫之祸，人类都在用智慧和勇气与伯强进行抗争。就像颛顼那一脉相承的不屈精神一样，今天的人类依然不会低头。

那就继续战斗吧，人类永远不会屈服。

伯强何处？惠气安在？

綠

问：为何治水的鲧被尧所杀，且其尸体在羽山搁置三年而不腐烂？

答：鲧因窃取帝俊的息壤而被定罪，加上他又是颛顼的后代，这使他陷入了困境。

治水的故事，描绘了华夏上古时期人们与自然最悲壮的抗争历程。然而，屈原的提问方式却独树一帜：为何在鲧即将成功之际，尧却选择杀他？并且，为何他的尸体在羽山暴晒三年而不腐烂？

这一问题立即将我们从远古洪荒的冒险场景拉到《竹书纪年》式的政治阴谋斗争中。这一转变使天帝帝俊、人王颛顼、尧、鲧、禹等上古人物都卷入其中。

这就好比一部充满阴谋论的抖音短剧，情节跌宕起伏。

因此，我们借鉴屈原的思路，结合《山海经》《竹书纪年》，以及其他神话古籍，创作出这段故事的"抖音版"。

息壤的阴谋

在洪荒时期，以水神共工为图腾的部落中，最强大的"共工氏"部落与另一个强大的部落"颛顼"为争夺人族帝位开战了。随后，另一个强大的部落"祝融氏"加入了"颛顼"的阵营，共同对抗"共工氏"。这让水神共工非常不爽，因为"祝融氏"的图腾正是他的父亲和死对头，火神祝融。

人类在这些古神眼中是卑贱的，与蝼蚁无异。但是，如果这些人类部落供奉自己，以自己为图腾，那性质就变了。而以古神自己的名字命名的部落，更是相当于古神在人间的代言甚至化身。攻击这个部落，就等于直接对这个古神宣战。因此，当"祝融氏"部落被抹去时，火神祝融感受到了从未有过的奇耻大辱。

"共工氏"部落擅长使用水力，一直相信水能克火。但当祝融向他们发起攻击时，他们才明白，水能克火只在二者势均力敌时才行。火墙吞噬了部落，号哭声和惨叫声在火海中回荡。即使掘开河道引来河水，也不过是杯水车薪。祝融引来了地底的岩浆，将"共工氏"部落所在地变成了一片火湖，整个部落尸骨无存。

祝融引发了不周山底的岩浆洪流，欲将整个洪荒北疆化作熔岩地狱，而共工则用自己的身躯卷动着北海之水撞向了不周山。不周山是支撑天地的天柱之一，眼看天崩地陷后人类将面临灭顶之灾。女娲如救世主般降临洪荒，她斩杀巨龟，用其四肢重塑天柱，炼五彩石弥补苍天。

人类感谢女娲娘娘的莫大功德,供奉与信仰之力尽归昆仑,曾经贵为各部落图腾的洪荒古神却被遗忘。随后,人间共主颛顼与昆仑达成协议,昆仑派遣重黎与颛顼的巫觋一起开始了绝地天通的行动,自此洪荒古神不再轻易与人族相勾连,洪荒成为人族繁衍壮大的乐土。

但怪物九头蛇相柳的存在让治水成了不可能完成的任务。相柳随着洪水自由漂流,遇到堤坝便与之展开激战,将其摧毁,顺道再将堤坝周围生存的人类吃个精光,随后便驾着被自己刚刚释放的洪流扬长而去,留下满目疮痍。而失去了图腾庇护的凡人,面对相柳比蝼蚁还要脆弱、渺小。

生死存亡之际,昆仑的使者青鸟向人间共主颛顼带来了西王母的口信:要想消灭相柳,必须要有宝物息壤,而息壤就在居于东海之滨扶桑建木之上的古神帝俊手中。颛顼曾亲自前往东夷,向帝俊求取息壤,但遭到帝俊的拒绝。然而,颛顼的儿子鲧却胆大包天，竟然偷偷攀上建木，将息壤偷回。帝俊震怒，命自己的孩子金乌同时飞天，造成十日并出的灾厄，晒死无数人类与其他生灵。随后，他又纵容六凶出世，为祸人间。此时，洪水、烈日、凶兽、相柳同时肆虐，整个洪荒变成了炼狱。在这场空前浩劫中，连颛顼都丧生了，帝位由尧继承。为了拯救人类，尧从人间招募勇士，剿除凶害。

大羿横空出世，射落金乌，剿灭六凶，使帝俊一族遭受重创。他们因违背绝地天通被昆仑趁机清算，从此一蹶不振。然而，大羿也在洪荒中英勇牺牲。此时，人类再次面临洪水与相柳的威胁。帝尧命令鲧携带息壤前去治水并对付相柳。

鲧虽然用息壤建造堤坝阻绝洪水，但他始终不明白为何西王母会说息壤是可以克制相柳的法宝。在帝尧的不断催促下，鲧率领部落精锐向相柳发起了攻击。他们用息壤制成巨大的土球，试图从洪水上游砸死相柳。然而，这个方法对相柳毫无作用，息壤筑成的堤坝也无法抵挡相柳的攻击。洪水冲溃堤岸，鲧部落的战士几乎全军覆没。

此时的帝尧已经渐渐显露出他的野心。作为帝俊的人间后代，他一心想要在人间建立神人新秩序。然而，帝俊神族的意外败亡让他不得不全力试图快速完成治水与消灭相柳的功绩，以积累东山再起的本钱。但欲速则不达，方寸已乱的帝尧很快被舜抓住机会囚禁于平阳，随后被迫对外宣称禅让于舜。

舜登上帝位后干的第一件事便是以治水不利的罪名将鲧流放在羽山等死。因为鲧继承着颛顼的血统，有着成为人间共主的天然合法性。鲧在羽山困居三年，临死前终于找到了用息壤对付相柳的秘密。他将自己的孩子禹叫到身边，对着他说出"掘地三仞，画地为牢"八个字后，便溘然长逝。

禹离开了羽山，来到帝舜的面前，对他说自己已经有了对付洪水和相柳的办法。此时的帝舜因为洪水和相柳之祸依然不能平息已经焦头烂额。虽然禹对于他有着和鲧一样的威胁,却也只能让其接过父亲的担子,继续治水大业。

最后,大禹和相柳——最伟大的人间英雄与最祸乱世间的洪荒凶神,即将在滔天的洪流之中相遇,展开一场惊心动魄的较量。

鸱龟曳衔，鲧何圣焉？
顺欲成功，帝何刑焉？
永遏在羽山，夫何三年不施？

应龙

问： 应龙是如何用龙尾开辟出江河的？

答： 实际上，他并不是用龙尾来挖土。据传说，他用龙尾斩杀了无支祁这个水怪。当这个水怪被除去后，江河自然就不再泛滥。

应龙，这个神话角色，在我们的眼里，拥有成为热门IP的潜质，他属于那种真正的"人狠话不多"的类型。在《山海经》和其他古籍所构建的上古神话中，他是一位冷血杀手。因此，他在《天问》中的角色，不应该是那种挖沟渠的苦力，而应该保持他一贯的"人设"。

然而，我们不仅想要描述他斩妖除魔的场景，更想深入探讨另一个问题：为什么应龙后来在中国的神话中消失了？

大禹、夏朝、商汤灭夏、商人的血腥祭祀……这些或来自神话，或来自考古的线索，它们交织在一起,构成了一个奇特的、关于上古神明和人间朝代更迭的故事。这个故事充满了惊悚、诡异和耸人听闻的元素,因此,它非常适合在抖音平台上分享。

应龙的血祭

它不是龙,而是战无不胜的古神,是上古的最强杀手——应龙。

到底应该牺牲谁?这个问题已经折磨了大禹多日。是身后巨大祭坛上那数百名即将成为祭品的年轻战士,还是未来更多的无辜生命?大禹面临的是残酷的二选一。无论选择哪一方,都将给他带来终身的煎熬。

但是,大禹必须做出选择。滔天的洪水已经肆虐了多年,人们流离失所,哀鸿遍野。在他的努力下,水患即将平息,只剩下这最后一段。如果因为眼前的阻碍而前功尽弃，那么未来将会有更多的人丧生。

大禹眼前的障碍是无支祁，一个精通水性的巨猿。它巨大、凶狠、狡猾，凭借出色的水性，将淮水当作自己的领地，一次次破坏大禹治水的工程。大禹已经用尽一切手段，包括精兵良将、弓箭炮石，但对无支祁完全没有效果，白白牺牲了上千人的生命。无奈的大禹，只能考虑按照巫觋求得的血祭秘法，请求应龙下凡，作为最后的治水手段。

应龙是孤傲的古神，强大无比，只要出手，没有谁能够逃生。一切无解的争端，只要他出现，就会画上句号，但他出手的条件十分苛刻。人类诞生后，他只出现过两次。第一次出手让西王母放下了身段，奉献了整个昆仑的美玉矿藏。那一次，他一击杀死了蚩尤，帮助黄帝赢得了涿鹿之战。另一次则让一直追求长生秘法的黄帝缩短了整整五十年的寿命，并献上了全部国民的念力。那一次应龙毁灭了阻碍华夏民族生存发展的巨人之国。

但如今的大禹付不起如此巨大的代价,他只能按照大巫的建议,以数百名年轻战士的生命作为血祭,才有可能成功击败无支祁。然而,他迟迟无法下定决心,毕竟那意味着牺牲数百条鲜活的生命。可是,如果不击败无支祁,未来会有更多的百姓死亡。

当大禹还在纠结的时候,一道高大的黄衣身影出现在他面前,古神的威压扑面而来。大禹立刻意识到,应龙出现了。出乎他的意料,应龙递给大禹一份契约,不是要求杀人,而是让大禹的后代帝王每年举行一次全国范围的大型祭祀,向应龙奉献整个国家的念力。

大禹欣喜若狂,毫不犹豫地签署了这份契约。契约签下的那一刻,四野的色彩突然灰暗下来,无数的浓云涌现,仿佛有若固体般充塞于天地之间。接着，覆盖四野的雷霆响起，天上的星辰也随之摇动。风雨猛然袭来，其中偶尔展现出应龙带有金属光泽的身躯和一对夹杂着风雷之声的羽翼，以及无穷的死亡气息。

人们不知道具体发生了什么，只能听到无支祁的垂死哀号，看见随淮水漂流的血肉残渣。观战的人们欢声雷动，大禹也松了一口气。而此时，应龙已经消失，它带着大禹的契约回到了九天之上。然而，它并不知道的是，这份来自人间帝王的契约竟然是自己最终消失于华夏大地的根源。

数百年过去了，一个名为"商"的部落逐渐崛起。他们声称自己作为西王母身边玄鸟的后裔，有资格取代夏朝，统治整个中原。然而，要达成这个目标，他们必须面对一个强大的敌人——保护着夏朝帝王的上古第一杀手——应龙。

与其说应龙是保护者，不如说它更像是夏朝帝王的债主。大禹曾与他签署契约,承诺后世的帝王每年都要为应龙举行一场大型祭祀,献上能使其更强大的人间念力。作为交换,应龙出手帮助大禹解决了治水中无法逾越的阻碍——淮水巨猿无支祁。

经此一击,应龙再次以胜利者的姿态回到九天之上,享受夏朝帝王定期奉上的巨量念力。但为了确保这份念力的来源长久稳定,他无形中又承担起了保护夏朝帝王统治的责任。

因此,当殷商部落有意取代夏朝时,他们必须面对强大的应龙。他们曾寄希望于自己的守护者西王母,恳请她出手击败应龙。然而,大巫师每次进行通灵祈愿时,都遭到了无情的拒绝。

"连伟大的西王母也害怕应龙吗?"这个被视为大不敬的问题在殷商酋长和大巫师的脑海中反复出现,但他们都不敢直接说出来。于是,他们采取了另一种策略,向西王母询问是否有可能让应龙改变立场,转而支持殷商。这便是故事开头提到的那次祭祀。

西王母给出的答案只有两个字：血祭。

然而，殷商的人数远远少于夏朝，无法为应龙提供足够的念力。但是，应龙身为杀手，具有嗜血的本能。如果能在念力之外，满足他对血的渴望，或许可以打动他。

因此，殷商部落开始了残酷的杀人祭祀，通过酷刑处死囚犯和俘虏，使原本平和的念力充满了绝望、痛苦和仇恨的负面能量。这让应龙尝到了鲜血的滋味，于是他抛弃了夏朝，站在了殷商的一边，使殷商成为新的天下共主。

然而，殷商的血腥祭祀越来越不得人心，而周部落在蓬莱道门的支持下逐渐兴起。在神界，西王母也与蓬莱达成了协议，开始规划天庭。而只知享受殷商祭祀的应龙却对此一无所知，直到封神之战的暴发。

在人间的战场上，殷商的军队节节败退，他们想请应龙出手相助，但蓬莱和西王母两大势力联手阻止了应龙，使他无能为力，只能接受殷商灭亡的事实。

然而，应龙并未放弃对血祭的渴望。在他的引导下，一名殷商将军带领军队扬帆远航，来到了中美洲，建立了玛雅帝国，成为殷商文明的继承者。

这就是为什么玛雅的羽蛇神与应龙如此相似的原因，因为两者实际上是同一个神祇。此外，在中美洲发现的与甲骨文高度相似的石刻记号，以及在墨西哥出土的千年玉圭上刻着的殷商祖先的姓名，都为这一点提供了有力的证据。

另外，据西班牙人的记载，玛雅人自称他们的祖先在三千年前从天国乘船来到这片土地，而封神之战恰恰就发生在三千年前，这也为羽蛇神与应龙的同源性提供了佐证。

此外，殷商和玛雅都保持了杀人祭祀的习惯，那或许是因为在应龙离开华夏后，这是他对自己最后的安慰了。

应龙何画？河海何历？

大禹

问：大禹如何成功治理洪水？

答：人定胜天。

大禹治水的故事在中国家喻户晓，其中的"三过家门而不入"、"涂山氏化作望夫石"以及"堵不如疏"等情节，已经不仅是历史故事，而是被升华为中国的道德标准和行为准则。

按照传统的叙述方式再次在抖音平台上讲述这个故事，似乎并没有太大的新意。幸运的是，在之前讲述大禹的父亲时，屈原为我们提供了一个很好的启示：这是一个神、仙、人共同参与的大戏。

那么，我们就继续沿着这次大戏的线索往下走，最好能找到一个既能让抖音的观众感到亲切，又能有所创新的点。对了，《西游记》里不是提到，金箍棒是大禹治水时的一个定子吗？

就是它了。我们可以从这个角度来重新审视大禹治水的故事，相信会带给观众不一样的感受。

定海神珍铁

昆仑之北，不毛之地内隐藏着一处天然无底深坑，据传闻，此地曾经盛开四时不谢之花，然而不知为何，一夜间变得恶臭四溢，草木不生。

大禹历经十三年艰辛治水，旨在一步步将相柳引入这葬身之地。在这漫长的岁月里，他带领部族勇士踏遍九州山河，三过家门而不入，其间降伏了无数水怪凶兽，包括上古凶灵水猿大圣无支祁。然而，面对相柳这一劲敌，大禹似乎束手无策，从未使用过息壤。

大禹从未向任何人透露过父亲鲧临死前对他说的八个字，而他降伏相柳的计划也仅藏于自己胸中。他摧毁了九州中下游的所有堤坝，不断开凿新河道，使水系畅通无阻直达东海。然而，在西北之地，他却筑起堤坝，阻挡上游洪水倾泻而下。因此，相柳在下游找不到可以"战斗"的堤坝，只能逆流而上，寻找大禹为他准备的"对手"。久而久之，相柳不再随波逐流，而是紧跟大禹的脚步，一路向西北方向进发。

这是大禹计划的第一步：完全掌控相柳的行动，只有这样才有可能将其引入最终的陷阱。鲧死前所悟出的计划是挖掘一个深坑，待相柳跳下去后将其活埋。普通的坑无论多深都无法困住相柳，但息壤却可以。只要息壤再生的速度超过相柳破坏的速度，相柳就无法摆脱这个由息壤构成的"棺材"。这便是"掘地三仞、画地为牢"的秘密。

然而，还有一个致命的问题需要解决：如何让相柳跳进那个坑里。不可能用食物引诱他进去，因为他根本不需要下去就能轻松吸走食物；没有河道也无法修建他想要破坏的堤坝；挑衅相柳更是徒劳无功，因为他从未将人类视为可以与他匹敌的对手。这个无解的问题一度让大禹陷入绝望之中。

直到大禹邂逅了涂山氏——一位来自青丘国的九尾狐。涂山氏不仅抚平了大禹漂泊在外的孤寂心灵，更重要的是她所掌握的九尾狐天赋神通——幻术。这种幻术恰恰是大禹完成引诱相柳计划的最佳助力。

那一天，涂山氏现出本相，九条长尾指天，内丹在头顶盘旋放出的丝丝精气，汇聚于深达百丈的陷坑之上，化作一座巨大堤坝的幻象。很快，地动山摇，令人作呕的腥臭传来，相柳终于现身了。当他兴高采烈地扑向堤坝，准备将之砸得粉碎时，只觉身下一空，接着便坠向深坑底部。良久，轰然落地之声传来。无数大禹部落的勇士冲了出来，争相将手中的息壤投向深坑，那息壤迎风便涨，一团团向坑底砸去。顷刻间，便积累了厚厚一层，把相柳牢牢盖住。

就在大家以为已经大功告成之际，那令洪荒时代所有生灵闻风丧胆的"呵呵呵呵"的傻笑声在坑底响起。轰然巨响，相柳的九头从息壤中伸出，向着坑口伸来。危急时刻，站在坑边最近的勇士纷纷抱起息壤直接纵身跳向相柳的头颅，试图用自己的血肉将息壤固定在相柳头上。但人类在相柳面前太过渺小，根本无法阻挡那巨大头颅的上扬动作。大禹的心仿佛已经沉到了深坑之底，感到无比绝望和沮丧。

就在这千钧一发之际，东南天际忽然传来尖锐的破空之声。一个物体急速飞来，由于速度太快，周围的空气都已经被它点燃。这东西一下子冲进深坑，将眼看要冲出来的相柳九头一下撞回了地底，重新陷入了黑暗之中。

当人们从惊愕中回过神来，他们不再去深究刚才发生的一切，而是全力以赴继续向坑内投掷息壤。每当相柳尝试从那神秘的物件下钻出头颅，那物件就会瞬间变大，阻断他的去路。等到息壤再次覆盖住相柳，它又会缩小，灵活地从土壤缝隙中滑出。

终于，人们只能看到土层的蠕动，再也看不到相柳的头颅。那个曾经让无数洪荒古神束手无策的洪荒第一凶神相柳，就这样被一群普通的凡人成功封印了。

长时间的沉默后，人们开始爆发出各种情绪。一些人高兴得大声欢呼，而另一些人则跪在坑边，无法自制地大声哭泣。这些声音交汇在一起，冲破天际，回荡在昆仑之巅。

就在这时，一个神秘的物体从坑中飞了出来，准确地落在大禹的脚边。这是一根铁棒，全身呈深黑色，两端则镶嵌着精美的黄金纹饰，需要上百名顶尖勇士的合力才能将其抬起。

没过多久，一位仙人从天而降，对大禹说："这根铁棒是由太上老君炼制的，现在特地赐给你们，用以平定洪水、降伏相柳。它会成为你们治理四海八河的重要凭证,被称为'定海神珍铁',也叫'如意金箍棒'。"

得到仙人的指示后,大禹命令手下将土封深埋,同时引入活水,使封印相柳的地方变成了一个湖泊。他们还在旁边建造了一座名为"众帝之台"的建筑,供监视相柳的人员居住。

一切安排妥当后,大禹拿起定海神珍铁,再次踏上了治理水患的征程。

鲧何所营?禹何所成?

归墟

问：九州之水东流入大海，何以总无法将海装满？

答：据说东海中有一个叫作"归墟"的神秘之地。

顶级IP《鬼吹灯》系列电影中确实有一部名为《南海归墟》的作品，但实际上，据《山海经》记载，归墟位于东海，并由龙伯国的巨人守护着这个神秘的结界。

这时人们还未发现地球是圆的，这是他们对于世界的丰富想象。想象一下，如果世界真的如古人所描述的那样，岂不是充满了更多的神秘和趣味？

当古人的想象力足够丰富，能够直接吸引今天的抖音观众，那么，我们或许无须进行过多的二次创作，只需将古人的精彩答案呈现给观众即可。

归墟与巨人

在遥远的上古时代,除了古神、异兽以及后来被女娲、帝俊所创造的人类,还生活着一类被称为巨人的生灵。这些巨人外貌类人,体型庞大,或多或少拥有灵识与智慧。他们的来历多种多样,有的是洪荒中的异种,有的是古神与人类产下的混血儿,还有的可能是变异的人类。他们既不被古神所接纳,也不被人类认可为同族,自洪荒初开以来,就处于一种被天地厌弃的状态。因此,他们往往生活在洪荒偏僻的边陲或深山大泽中,很少接近生机盎然的中央平原地区。

尽管如此,古神对巨人们始终保持着高度的警觉。人类对于巨人,起初更多的是恐惧,后来则渐渐演变为敌意,将其视为竞争对手,想方设法除之而后快。

夸父族是巨人族中最有名的一支。夸父逐日的传说尽人皆知，但夸父自己虽然身躯庞大，却并非巨人，而是古神，他是大地与九幽之神后土的孙子。夸父虽生于北极大地，但其心却向往着九天之外。最终，他在追逐太阳的过程中命丧成都载天，只留下他建立的巨人国度——夸父国，以及他研究出的关于日月星辰运行规律的"大道"。夸父国因此成为洪荒中拥有历法、观星占卜、制图远行等超前科技的超级古国，凡人甚至将这些夸父巨人崇拜为神。但在夸父死后，夸父国的巨人们渐渐堕落，最终天怒人怨，应龙用洪水和雷电将夸父国彻底抹去，只在《山海经·大荒北经》中留下一句："应龙已杀蚩尤，又杀夸父。"一个巨人国度，就此烟消云散。

与夸父族相比，另一个巨人族——龙伯国的名声虽不如前者响亮，但其实力与造成的破坏却远远超过了夸父族。龙伯国位于洪荒南溟，与北方的夸父国遥相呼应。龙伯国人的巨大令人难以想象：他们可以徒步在海中行走，如履平地。这些巨人守护着洪荒中另一个巨大秘密——归墟。归墟位于东夷渤海以东亿万里处，即便天下之水都汇聚于此，也不能令其水位增加一分。龙伯国人便是此处的守卫者。

东夷天帝帝俊一直觊觎归墟的秘密，但苦于龙伯巨人的强大而无法靠近。终于，他抓住一个龙伯巨人在海中钓起六只巨龟而导致大海啸一事大做文章，称龙伯国人毁坏了海上仙山的根基。接着便伙同其他古神向龙伯国人降下诅咒，画地为牢将他们困住，同时让他们身高逐日缩小。但即使这样，到了神农氏时期，龙伯国的巨人依然有数十丈之高，仍然不屈地守护着归墟，而此时帝俊早已因古神斗争失败远遁云梦泽，成了东皇太一。

在神对巨人的打压过后，崛起的人类开始了与巨人的斗争。到了三皇五帝时期，天下已经几乎没有了巨人族的容身之处。到大禹成为天下共主时，世间仅存的巨人部族只剩下了防风氏。然而，防风氏也难逃覆灭的命运：仅因为一次会盟迟到，防风氏的族长便被大禹公开处决，随后全族遭到清剿，自此世间再无其消息。直到春秋时期，防风氏的遗骨被掘出，装满了整整三辆大车。孔子将其记入《春秋》，世间才知道这上古巨人的名字。

自防风氏后，天下之大再无巨人，只有一种叫作"赣巨人"的生物被记载在《山海经》中。但这是一种膝盖骨向后长，嘴唇特别厚，一看见人就傻笑，嘴唇会把眼睛挡住的奇怪生物，明显对人类已经构不成任何威胁了。也许正是因为对人类没有任何威胁，人类才允许它们生存在世间吧。

九州安错？川谷何洿？
东流不溢，孰知其故？

逐日

问： 在东南西北四个方向中，哪个方向更远一些？

答： 我曾听闻夸父的壮志，他不仅要从南走到北，还要从白走到黑，他要追逐太阳，还要绽放生命的光彩。

古人的好奇心和探索欲望，其实并不亚于我们现代人。就像屈原曾经对大地的四至进行过深入追问，而上古时代的一些族群，更是用双脚实实在在地去丈量大地。夸父逐日的故事，实际上就是在描述这样的一次伟大征程。

尹荣方先生在他的《神话求原》一书中，提出了一个令人信服的论断，他认为"夸父逐日"实际上是古人制定历法、进行地理测绘的一种象征。然而，对于抖音平台来说，神话学的内容可能会显得有些枯燥和深奥。

因此，我们尝试把这个论断改编成一个故事，用这种方式来回答屈原在《天问》中关于大地的追问。同时，我们也希望能通过这种方式，向抖音的观众传递一些关于神话的严肃学问，让大家能在轻松愉快的氛围中，感受到古人对世界的探索和思考。

夸父逐日

夸父逐日，可以说是中国最脍炙人口的上古神话，然而，这个神话背后所隐藏的秘密，却并不广为人知。

夸父逐日的故事，自然要从夸父讲起。在之前的神仙传说中，我们曾多次提及上古人类诞生后，会以古神为图腾进行崇拜，向古神献上信仰之力，而古神则会保护这些部落。其中某些部落甚至会以古神的姓名作为自己的部落名，例如共工、祝融等，既是古神名，也是部落名。夸父，同样如此。

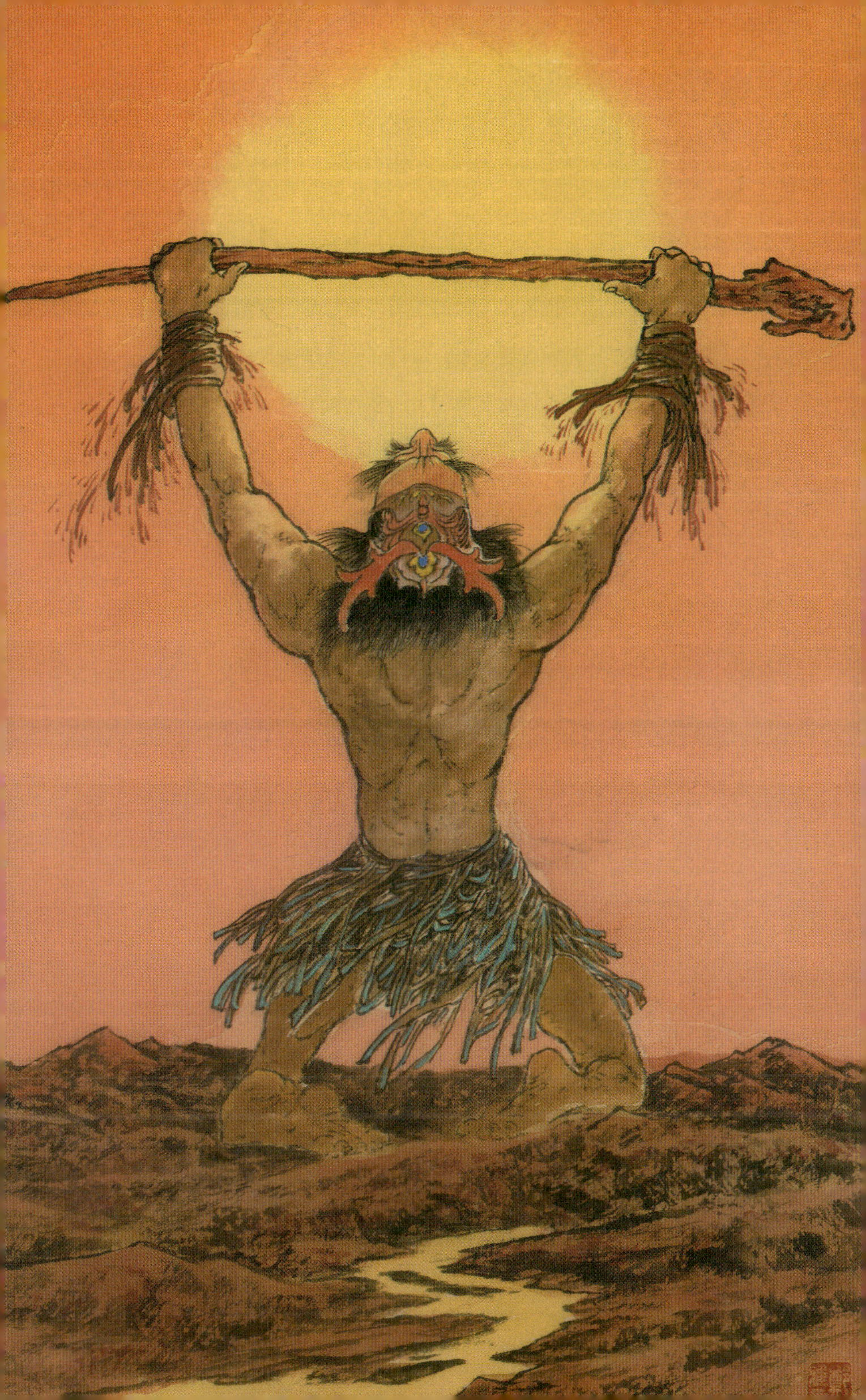

夸父是一位古神，他的来历极为显赫。他的祖母是盘古开天后与西王母、帝俊一起最早出现的几位古神之一——大地女神后土，掌管着洪荒大地与地底幽冥黄泉。夸父从出生起就背负着这一支神族世世代代的宿命——他的双脚永远不能离开某一片土地。

夸父的祖母后土常年居住于极北荒丘的地底，终年不见天日。他的父亲信则是一棵巨树的形态，只能永远扎根于土地，用树冠遮挡炎热，用果实养育洪荒生灵。与他们相比，夸父已经是最自由的了。他是一个巨人，可以在北方一片广阔的领地内自由奔跑，还可以爬上父亲化作的巨树眺望远方。然而，夸父对大地上的一切都没有什么兴趣，他唯一的爱好是抬头仰望天空，观看日月星辰的变化。

日复一日的观察让夸父开始窥探到了一些东西。他发现日月运行与四季更替、万物生长之间存在着紧密的联系。遥远的天空与脚下的大地之间，一定有更深刻的道理将它们联系在一起。夸父觉得，如果解开了其中的奥秘，那么自己这一支神族一定可以摆脱宿命的诅咒，不再被土地所禁锢。因此，夸父成为世间第一位不需要"太上"点化便窥见"大道"的古神。

在接下来的岁月中，夸父将自己的所知所感传给了一群以他为图腾的巨人。他让这些巨人用树木做成高耸的"圭表"，代替他走遍洪荒，不断记录太阳的运行规律，并以此制定历法、划分节气、指导农耕。掌握了先进历法的巨人们收获的食物越来越多，人口也迅速增长，最终从小小的部落变成了一个国家——夸父国。

而夸父自己则潜心研究天地之间的奥义。随着研究日渐精深，他开始觉得自己已经接近这个宇宙的真相，离解开自己神族的诅咒越来越近了。但要完全破解秘密，他必须走出宿命之地，追随太阳的轨迹，去打开整个宇宙的众妙之门。

夸父自北方出发，由东向西一路追寻着日影，终于来到了传说中的日落之地——禺谷。但在这里，他并没有拉近与太阳的距离，反而遭遇了帝俊的儿子们——狂暴的金乌。金乌们将夸父当作入侵者，向他展开了疯狂攻击，最终夸父遍体鳞伤地逃出了禺谷。

不仅身受严重烧伤，夸父身负的宿命诅咒也开始发作了。内外双重的灼烧让他极度干渴，他一路向北，见到江河便疯狂饮水。他知道只要坚持到大泽，就回到了自己的领地，多重的伤都可以痊愈。然而走到成都载天山时，他再也坚持不住了，永远倒在了那里。由于诅咒的力量，他的身躯迅速消融，与大地融为一体，但他的执念令他手中的手杖化作了一片广阔的桃林，年年生长、开花、结果、凋零、重生，继续探寻着世间万物与日月星辰的关联。

东西南北，其修孰多？

南北顺楕，其衍几何？

昆仑之一

问：昆仑位于何处？其构造如何？

答：自《山海经》起，至后世浩渺的传奇、玄幻、武侠、仙侠及网络文学，几千年来，人们凭借层出不穷的幻想与创意，尝试解答屈原之问。

如今，这个任务交到了我们手中，我们需要给出一个既契合《天问》精神，又能让抖音观众所理解的答案。

于是，让我们一切从"基础"开始讲述。

昆仑的真面目

提及昆仑山，你首先联想到的是哪些词汇？

雄伟？壮丽？巍峨？神秘？

一般来说，人们都会用这类词汇来形容它，对吧？

那么，你知道伟大的浪漫主义诗人屈原是如何形容昆仑山的吗？

他用了"屁股"这个词。

是的，你没听错，我也没说错，就是那个表示臀部的词。

当然，屈原用词比较文雅，原话是"昆仑县圃，其尻（kāo）安在？"这句话出自《楚辞·天问》。这个"尻"字，在这里就是屁股的意思。

不过，也有人说，屈原这么高雅的人，怎么可能用这么俗气的词呢？在这个地方，他用的不是"尻"，而是"凥（jū）"，这并不是指屁股，而是指尾巴骨。

就为了这个字，很多研究学问的人从宋朝开始争论，一直争论到今天，还没有一个明确的答案。

但无论是哪个字，它所描述的部位基本是一致的。

那"昆仑县圃，其尻安在？"这句话是什么意思呢？它的意思是：昆仑的空中花园，它与大地相连的底座坐落在哪里呢？

这个底座，就是昆仑山。

换句话说，如果把整个昆仑比作一栋摩天大楼，那么被人们视为崇高神圣、需要顶礼膜拜的昆仑山，最多也就算是这栋大楼的底层商铺。

那么，昆仑究竟是什么呢？

似乎在洪荒初开之时，昆仑就已经存在了，它并不是由最初的古神建造的，而是比古神的诞生更加古老和久远。

最早记载昆仑的文献是《山海经》。在《大荒西经》《西山经》《海内西经》等多处都提到了昆仑，但名称各不相同。有时被称为"昆仑丘"，有时被称为"昆仑虚"。

到了后世，西汉的淮南王刘安写出了被誉为"千古奇书"的《淮南子》，将昆仑的真实面貌第一次完整地展现在世人面前。

根据《淮南子》的记载，昆仑是一座连接着天与地，具有三层结构的史前通天塔。

最下面的一层是《山海经》中记载的昆仑丘或昆仑虚，以及《淮南子》中记载的凉风之山，也就是人们常说的昆仑山。这里是昆仑在大地上的基座，即屈原所说的"尻"。虽然它只是底层，但它的规模已经相当惊人了。它有九座门，面向洪荒的各个方向；六条河从山顶流出，奔向四方。开明兽陆吾是这里的"物业管家"，掌管着天之九部。这里是天上的古神来到洪荒时停留的地方，也是凡人可以到达昆仑山的部分。一旦到达这里，便有机会获得不死药。而顶上一层叫作"层城"，或者干脆就叫作"天庭"，也就是古神们在天上的居所，不对外开放。

在昆仑山之上的第二层，则是昆仑最重要也是最壮阔的部分——昆仑县圃。之所以叫作"悬圃"，是因为根据《山海经》与《淮南子》的记载，这是一座悬浮在天地之间的壮绝奇美的空中花园。花园分为九层，因此被称为"增城九重"。八方的风从悬圃的八门吹过，呼啸着卷向洪荒。这里的物产，《山海经》只用了四个字描述——"万物皆有"，而这里的主人则是西王母。

屈原曾对高悬于洪荒之上、天地之间的昆仑县圃充满了好奇，因此他提出了这样的问题：

增城九重，其高几里？

四方之门，其谁从焉？

西北辟启，何气通焉？

他在问：增城九重到底有多高？四方的门是谁在出入？西北洞开，哪一路风来啊？

然而，直到他去世，这些问题也没有得到解答。

一百多年过去了，在淮水之滨，西汉淮南王刘安为屈原提供了问题的答案。

他说，增城九重的高度是一万一千里一百一十四步二尺六寸。而在昆仑的西北角，北门敞开，吹来的是不周之风。

答案在风中回荡，但遗憾的是，昆仑县圃此时已经消失在天地之间。

一些人可能会问：刘安是如何得知关于昆仑县圃的这些答案的呢？

要知道，刘安是汉武帝刘彻的叔叔，两人都对寻找仙人、追求长生不老抱有极大的热忱，并且他们之间经常有非常私密的书信往来。

就在不久前的一个深夜，汉武帝的未央宫迎来了一位神秘的客人——昆仑的主人，西王母。

那么，昆仑的主人亲临人间是为了什么呢？而消失的昆仑又去了哪里呢？

昆仑县圃，其尻安在？
增城九重，其高几里？
四方之门，其谁从焉？
西北辟启，何气通焉？

昆仑之二

问：为何昆仑中存在如此众多的超自然、违反常识的事物和现象？

答：因为昆仑实际上是西王母的"生化实验室"。

昆仑的真实情况已经引发了抖音平台众多观众的关注，但值得注意的是，屈原在《天问》中对昆仑的想象远不止于此，其中涉及诸如四季颠倒、虬龙背着狗熊、九头蛇满地乱窜等奇幻元素。

《天问》的这一部分内容，其奇幻和精彩程度实际上已经超越了《山海经》。

因此，我们将这部分内容改编成了一个上古史前文明与政治斗争交织的故事。

昆仑县圃

昆仑,是上古时期连接天地的一座通天塔,总共分为三部分。

底层,即我们常说的昆仑山,也被称为"昆仑丘""昆仑虚""凉风之山"等。它是昆仑与洪荒大地相连的部分。《山海经》记载它为天帝下都,是古神从天而降后的"办事处"和"行宫"。

顶层位于云端,称作"层城",是众多古神的居住地。

而中间这部分,是一个悬浮在天地之间的巨大物体,共分九层,高达一万一千里,名为"昆仑悬圃"。

关于昆仑的建造者无人知晓,但这里最早的主宰是西王母。

作为地位最高的古神之一,西王母最重要的工作就

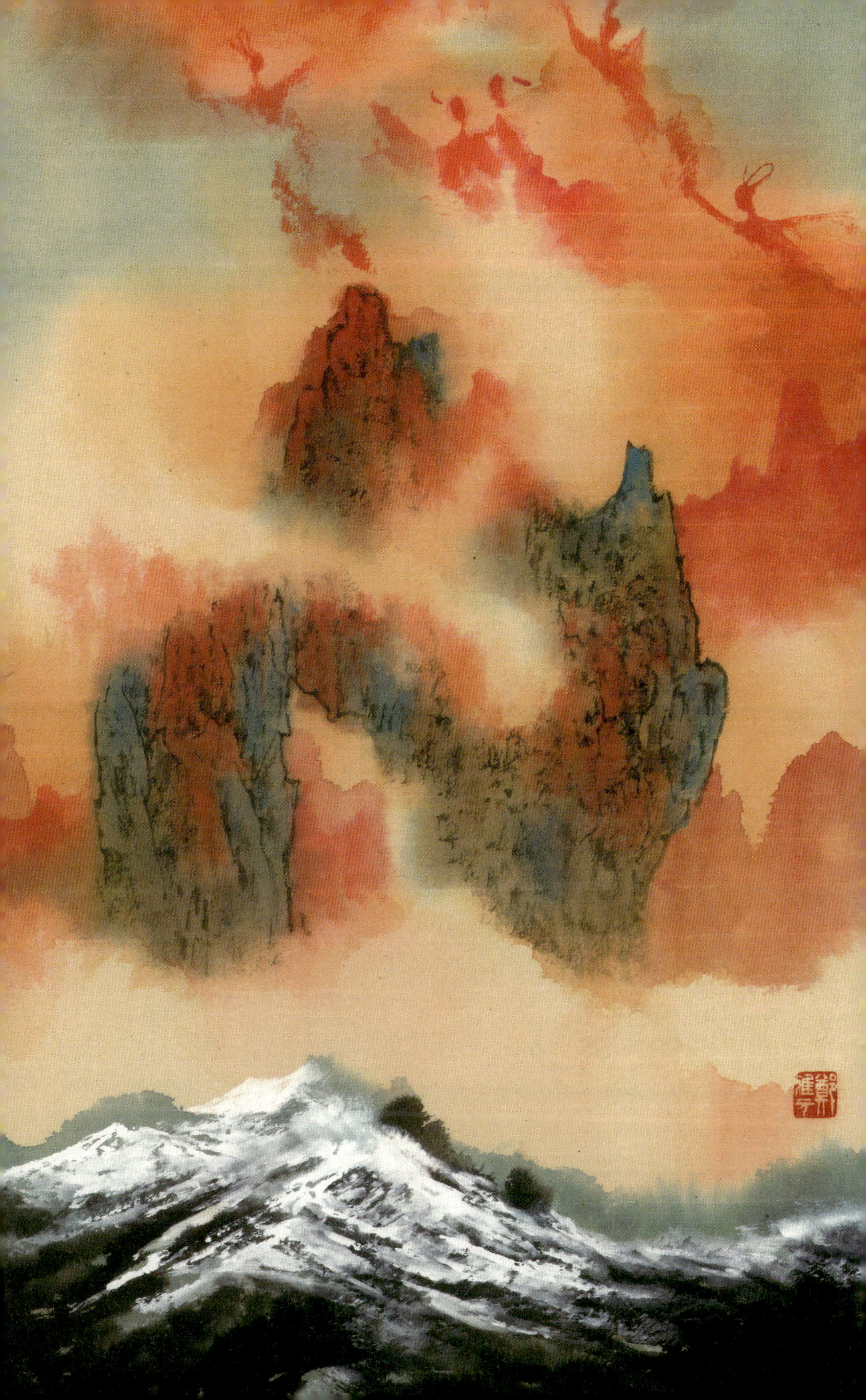

是炼制不死药,而昆仑县圃正是她的不死药试验基地。

《山海经》记载,九层昆仑县圃之上万物皆有。西王母在悬圃上建立了一个完整的生态系统来模拟现实的宇宙洪荒,并在此进行各种逆天改命的试验。

她可以操控悬圃内的气候,使冬季酷热、夏季严寒。她制造了失败的试验品——相柳,成为人间最大的灾难。她将一群试验失败的巨人赶下悬圃,这些巨人聚集起来,成立了不死国。建立在三危山的黑水国、玄趾国也是类似的不死民之国。尽管号称不死,实际上他们都是失败的不死药试验产物。

这是屈原的《天问》中透露的秘密,你能想象出当年发生在昆仑县圃中,一幕幕犹如科幻电影般的场景吗?

就在西王母疯狂地进行不死药炼制试验时,她的大本营——昆仑被人盯上了。谁呢?以太上老君为首的蓬莱系仙人。这些仙人起源于海上仙岛蓬莱、方丈、瀛洲。他们的出现，让洪荒中最弱小的人类有了强大的后盾——掌握了修仙能力的仙人，可以与古神正面对抗。经过一系列争端之后，发生了那个重大事件——绝地天通。绝地天通断绝了古神随便降临人间的合法性，而昆仑县圃作为连通天地的枢纽，当然必须被拆除。但西王母当然不会轻易放弃自己的根基，因此，她想出了一个绝妙的计划来应对这个局面。她的计划非常高明：作为昆仑古神的最高首领，西王母的这个提议让蓬莱仙人们无法拒绝。这样一来，昆仑县圃实际上还是西王母的地盘，蓬莱只是"冠名商"。然而，太上老君却反手就给了西王母一个将计就计：他给西王母安排了一个所谓的"道侣"，让她和东王公一起执掌昆仑。这一下，昆仑就被分成了东西两半，东昆仑顺理成章地成了蓬莱系的直辖地盘。很快，三清之一的元始天尊就率领阐教弟子进驻东昆仑，将这里变成了阐教仙人的"培训基地"。

同时，蓬莱的大规模基建项目——洞天福地开发计划也开始启动了。根据唐代的《洞天福地岳渎名山记》一书记载，该计划囊括了人间秘境，如十大洞天、三十六小洞天、七十二福地、海外五岳，以及十洲三岛。这个开发项目将会探索和开发这些神秘而迷人的地方，以供人们欣赏和探索。

随后，以统一神、仙、人三界秩序为目标的封神战争拉开了帷幕。看似蓬莱系即将实现三界的统一，胜券在握，但西王母并未袖手旁观。

西王母宣称："昆仑，我不再留恋。我决定创立'妇联'。"

随后，她将昆仑县圃的核心资源瑶池以及不死药试验的成果——蟠桃园，全部迁移至规划中的天庭所在地，并在那里开始了对女仙的教化工作。封神战争结束后，她赢得了与玉帝平起平坐的地位，成为王母娘娘。而这位玉帝，在未来的多次下凡历练中，其中一个人间的身份便是我们上一回提及的汉武帝刘彻。

至此，昆仑县圃彻底归属于蓬莱系，但它不再高悬于天地之间，而是被改造为环绕飞行于海上的隐秘仙山，被誉为海外五岳之首。

昆仑县圃在世间消逝了，但它曾经傲然连通天地的传奇，令屈原在《天问》中以十四个问题探求其奥秘，成为《天问》中最为人所津津乐道的内容。

何所冬暖？何所夏寒？焉有石林？何兽能言？

焉有虬龙，负熊以游？雄虺九首，倏忽焉有？

何所不死？长人何守？靡蓱九衢，枲华安居？

巴蛇吞象，厥大何如？黑水玄趾，三危安在？

延年不死，寿何所止？鲮鱼何所？魁堆焉处？

烛龙

问：在阳光无法触及之地，烛龙究竟隐藏了什么秘密？

答：那里隐藏着一个被称为"鬼国"的秘密。

烛龙，《山海经》中的伟大存在，当他睁开眼睛，便是白昼；当他闭上眼睛，便是黑夜。他吞吐之间，四季更迭。

《天问》中关于烛龙的疑问引发了人们的无尽遐想：为何烛龙与太阳之间存在"日不到，烛龙照"的对立关系？是烛龙背着太阳隐藏了什么秘密吗？

我们顺着这个思路查阅古籍，发现古人早已在千年前展开了这一神奇的想象。于是，我们决定沿着古人的思路，继续探索。

随着时间的推移，一个揭示远古秘密的新神话故事逐渐展现在我们眼前。这个故事将带领今人一同破解那些深藏在历史长河中的谜团。

烛龙之幽冥鬼国

第一幕

夜晚,书房内,在温暖的灯光映照下,香薰蜡烛的火苗影子在墙上微微摇曳。叶子正在抄写屈原的《天问》,恰好写到"日安不到?烛龙何照?"一句。

叶子边抄写边自言自语:日安不到?烛龙何照?

第二幕

烛火的影子忽然开始拉长,剧烈抖动。一声来自深渊的深沉叹息:"唉!"叶子猛地抬起头,环顾四周。一阵风吹入书房,桌上的很多书被翻开,翻到的书页全都是关于烛龙的记载。

记载文字:

《后汉书·张衡列传》:速烛龙令执炬兮,过钟山而中休。

《昭明文选·雪赋》：若乃积素未亏，白日朝鲜，烂兮若烛龙，衔燿照昆山。

《山海经·大荒北经》：赤水之北，有章尾山，有神，人面蛇身而赤，直目正乘其瞑乃晦，其视乃明，不食不寝不息，风雨是谒，是烛九阴，是谓烛龙。

《楚辞·天问》：日安不到？烛龙何照？王逸注释说："言天之西北有幽冥无日之国，有龙衔烛而照之也。"《诗含神雾》记载："天不足西北，无有阴阳消息，故有龙衔火精以照天门中也。"《山海经·海外北经》："钟山之神，名曰烛阴，视为昼，瞑为夜，吹为冬，呼为夏，不饮，不食，不息，息为风。身长千里，在无启之东。其为物，人面蛇身赤色，居钟山下。"

镜头旋动，叶子的目光跟随着一本本被翻开的书游走,终于慢慢抬起了头。叶子思考道:"烛龙,你到底是能掌握黑夜白昼、四季更替的超级大神,还是被上古神明当作烛火随意禁锢驱使的弱小生物?烛龙、烛阴、烛九阴到底哪个才是你真正的名字?"

第三幕

屏幕一片黑暗。字幕显示:"烛龙·神秘的上古神祇。"叶子说道:"你希望我能发掘出你被埋藏的秘密吗?烛龙。"再次响起一声来自深渊的深沉叹息(极慢):"唉!"

第四幕

叶子快速地翻动着书页,浏览着中国知网页面,认真地记笔记,以及沉浸在图书馆的宁静中。这些场景在脑海中迅速切换。叶子若有所思地自言自语道:"袁珂先生在《山海经校注》里考证过:烛龙是原始的开辟神。那也就是说,烛龙本身具有的是传承自开天辟地的盘古的血脉。如果是这样，《山海经》描述他睁眼便是白昼，闭眼便是黑夜，吐息可以制造季节更替的大神通，便有了出处。"

叶子又疑惑道："但这说不通啊。为什么除了先秦的《山海经》，后来其他古书记载的烛龙，要不就是衔着火精给山照亮，要不就是叼着蜡烛照亮，即一个龙形手电筒的形象。还有的神话记载中，烛龙干脆就是给帝俊拉车的牲口。如果是同一个神，这前后形象的差距也太大了吧？"

叶子抬头仰望星空，自言自语道："这应该又是一段被深深埋葬的故事吧。"

第五幕

夜晚，书房中，温暖的灯光和香薰蜡烛的火苗影子在墙上微微摇曳。叶子正在抄写屈原的《天问》，当写到"日安不到？烛龙何照？"时，他停下笔，抬头看向蜡烛。

叶子说:"此时此刻,恰如彼时彼刻。如果你依然在,就听我讲讲我挖掘出来的,关于烛龙的故事吧。"烛火开始摇动,渐渐伸长,慢慢呈现出龙蛇的形状。

第六幕

叶子和烛影相对而坐。叶子开始讲述:"烛龙,其实是你们一族的名字。烛龙并非只有一位,你们曾经是一个繁盛的种族,但最后,只剩下你孤身一人了,对吧?"烛影静谧不动,只有微微晃动。

叶子继续说道:"你们拥有盘古的血脉,外表和传说中的盘古大神几乎一样,都是人头蛇身的样貌。虽然你们拥有外在,但却没有盘古大神那开天辟地的神通。你们一族唯一的天赋,便是口中孕育有火灵,可以用来照亮。"

他深深地吸了一口气,沉声说道:"这唯一的天赋,在洪荒里却变成了你们的噩梦。那些强大的古

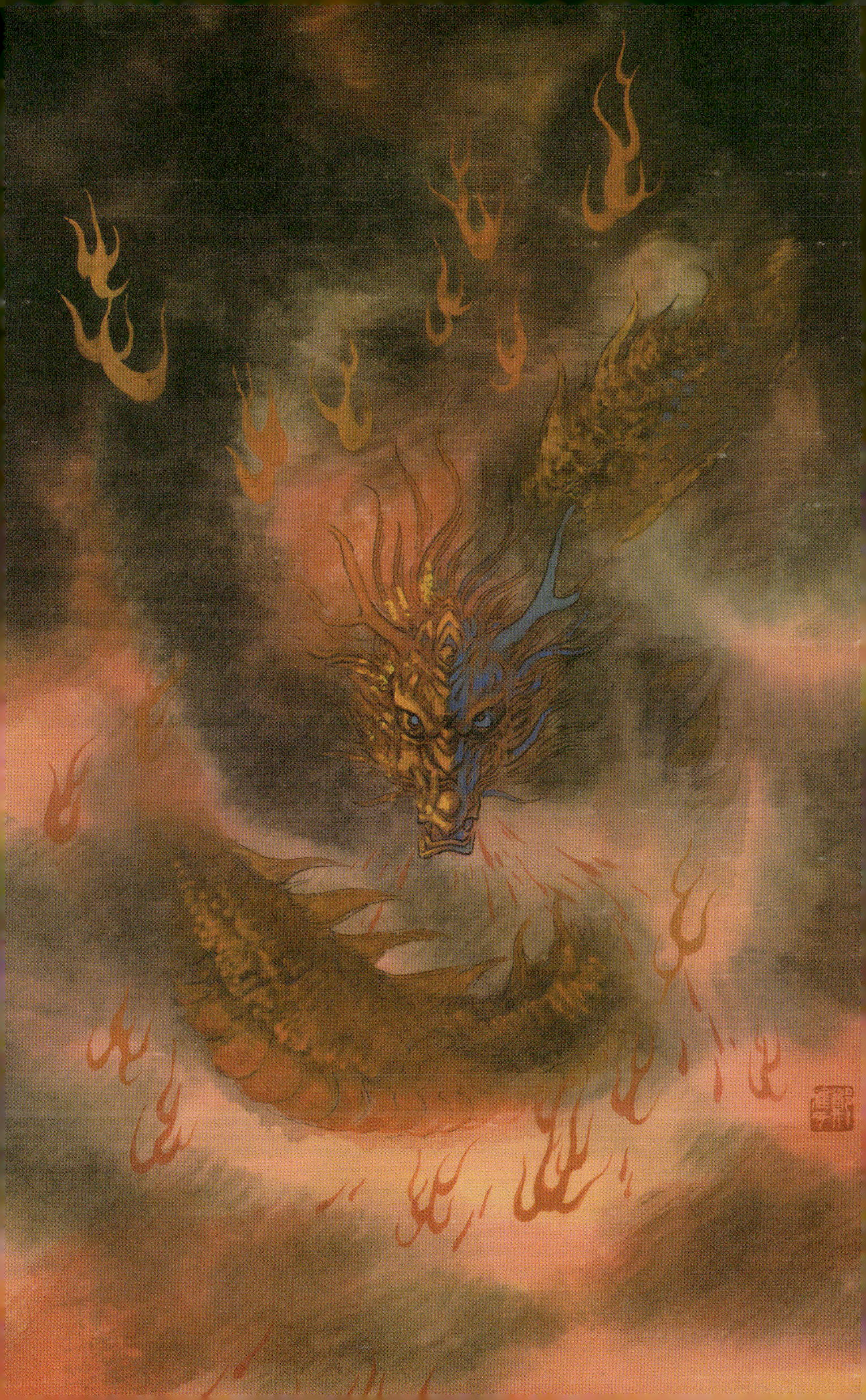

神开始奴役你们烛龙一族，驱驰你的族人作为他们出巡的仪仗，为他们的宫殿照亮，甚至杀死小烛龙做成烛台装饰。那些除了《山海经》的古籍中的记载，讲述的就是这些往事吧。"

叶子凝视着烛影，缓缓地说道："但这些被迫害的烛龙之中，并不包括你对吧？因为你视为昼，瞑为夜；吹为冬，呼为夏，不饮，不食，不息，息为风。身长千里。因为你是烛龙一族中唯一继承了盘古大神神通的。因为你可以用目光洞彻九幽，因此被尊为'烛九阴'。因为你就是《山海经·海外北经》中记载的'钟山之神，烛阴'。"他停顿了一下，接着说道："整个上古洪荒，恐怕也没有几个神祇是你的对手。"

烛影陡然暴涨，整个屋子都被阴影遮蔽，但它却不再颤抖，变得非常平静。慢慢地，烛影退去，书房变得越来越明亮。这时响起了一声来自深渊的深沉叹息："唉！"

叶子仰头看向天花板，疑惑地问道："但我想知道的是，为什么你——烛阴从来未曾保护过你的烛龙族人？如此神通却只在钟山做一个小小的山神？"明亮的书房中再次浮现出阴影，已经是明显的龙形。

叶子深吸了一口气，推测道："如果我的考证没错，上一个问你这个问题并且获得答案的人便是屈原吧？《天问》中那句'日安不到？烛龙何照？'便是开启这一切答案的钥匙。"他顿了一下，继续说道："而王充的《论衡·订鬼篇》中提到：《山海经》记载，北方有鬼国。然而这段记载却从后世的所有《山海经》中被删去了。这被删去的部分便是你烛阴故事的真相吧？你目光洞彻的九阴之下到底隐藏着什么？"

第七幕

屏幕一片黑暗，静谧无声。然后，再次响起一声来自深渊的深沉叹息（极慢）："唉！"声音中透露出无尽的悲凉。

第八幕

书房内,叶子仍与烛影对坐,他仰视着烛影,脸上充满了疑惑和敬畏。

叶子开始讲述:"烛阴大神,你是烛龙一族的最强者,身长千里,视为昼,瞑为夜,吹为冬,呼为夏,息为风。即使和西王母、帝俊、女娲那些洪荒最强大的古神相比,也毫不逊色。"他停顿了一下,继续说道:"但你,却毫不在意你的同族被奴役甚至杀戮,仿佛他们与你毫无关系一般。"

烛影微微摇曳,仿佛是在轻松自在地听着叶子的讲述。叶子深吸一口气说:"甚至,连你的儿子鼓因为杀死古神葆江,而被昆仑古神们斩杀于瑶崖,你都没有任何表示。那瑶崖,可就在你的领地钟山东边呀!"

烛影渐渐伸长,仿佛在回应叶子的质疑。叶子紧盯着烛影:"到底是什么,能够让你宁愿看着自己的儿子被杀，也不离开钟山半步？我是否可以推断，你的秘密，就藏在钟山？而这藏在钟山的东西，要比你的儿子和烛龙全族更加重要？"

叶子继续推理："但我翻遍了《山海经》与其他典籍，也找不到与你，烛阴和钟山相关的其他记载。"这时，烛龙发出了一声哼声，缓慢悠长。叶子紧接着说："直到我在东汉王充的《论衡·订鬼篇》中看到这样一句记载：《山海经》曰，北方有鬼国。"

随着烛影已经完全笼罩了叶子，他继续说道："我最初看到这句话时非常奇怪，因为在我看过的所有版本《山海经》中，都没有见过"北方有鬼国"这一记载。那么，只有两种可能，一是王充记述错误；二，便是这句话被从后世的《山海经》中删除了。"

叶子分析道："如果是记述错误，当然没什么可说的,但如果是被删除了,那是谁删除的?为什么要删除?被删除的鬼国到底有什么秘密就非常值得深究了。毕竟,《山海经》记载了那么多千奇百怪的上古秘辛,这北方鬼国到底有什么禁忌不可流传于后世?"

巨大的阴影微微晃动,叶子抬起头,毫不畏惧地和阴影对视:"鬼国,其实便是你不肯离开钟山的原因吧?"烛影静默了良久,从地下传来一声"嗯?"的回应。

叶子接着推理:"你'钟山之神'的身份被记录于《山海经·海外北经》与《北山经》中。显然,你的势力在洪荒之北。而《淮南子》中又记载:'烛龙在雁门北,蔽于委羽之山。'这委羽之山是北极至阴之地,永不见天日的所在。换句话说,这钟山是永远照不到太阳的地方,能够给那里带来光芒的只有你——'烛阴'。"

他深吸一口气,继续说道:"每当你睁开眼睛,钟山便有了光，进入白天，这便是'视为昼'。但这被你照亮的地方并不在地面，而是在地下的无底深渊'九阴'中。所以《山海经》中才会说'是烛九阴'。'烛九阴'并不是你的名字，而是你的行为——用目光洞彻九幽。"

叶子继续深入："而九阴之中又是什么呢？当然就是那神秘的鬼国了。"烛影摇曳，烛龙发出深沉的冷笑声，仿佛在赞赏叶子的智慧。叶子紧盯着烛影："在《论衡》的记载中，鬼国的居民叫作'魃'，是龙蛇的后代。生于北方，龙蛇的后代居住在你的势力范围里，和你有着相同的出身，'烛阴大神'，你会说这鬼国和你毫无关系吗？"

他停顿了一下，继续说道："事实上，这鬼国和鬼国之民都是你凭空创造的吧？和女娲造人不同，你不是创造了一个物种，而是在极北钟山的九阴之中开辟了一个新的宇宙。"叶子的声音越来越激动："烛阴，你并不想做烛龙之首，你想成为的是你的祖先盘古那样的开天辟地大神！"

叶子说："而你最终想要的，是让鬼国吞噬整个洪荒，你，烛阴，渴望成为这个宇宙的唯一创世神。这就是你抛弃全族，宁可眼睁睁看着儿子被杀也不离开钟山的原因。这也是你最终被封印，鬼国被永远埋藏的原因。我，猜对了吗？"

突然，一个黑洞在叶子面前出现，逐渐扩大，揭示出一个无底的深渊。叶子站起身，稍作犹豫后，毅然决然地走向深渊。

屏幕一片黑暗。

然后，叶子的声音再次响起："鬼国真的毁灭了吗？还是鬼国之民已经走出九阴，融入了洪荒？那就是另外一个故事了。"

日安不到？烛龙何照？

大羿

问： 大羿（后羿）射日的故事真相到底是什么？

答： 这个故事实际上是一部神、半神和人类共同参与的神话史诗。

"大羿射日"在中国是家喻户晓的神话传说，但其内容常常被简化为寥寥几句话。

然而，这个故事拥有丰富的元素：英雄、美女、神祇、怪兽、爱情，以及天崩地裂的大场面，是一个极具潜力的IP和基础架构。

于是，我们在抖音上尝试讲述了一部关于大羿射日的故事脚本，希望能更全面、生动地展现这个古老神话的魅力。

祸害与英雄

洪荒时期,昆仑山立于西方,高耸入云,由西王母领导的昆仑古神居住其上;而东方则有汤谷扶桑巨木顶天立地,古神帝俊自称"天帝",与全族居住其上。

随着人类的出现,无数部落氏族逐渐分化,并以不同的古神为图腾,通过祭祀寻求神的庇护。在东海之滨生活的东夷各部族,大多以帝俊手下的古神为图腾。

然而,最近这些部落的大巫师们发现,一个他们从未见过的神祇出现了。这位神祇似乎不想在凡人面前现身,通常只在夜晚掠过东海之滨。那是一只体型庞大、通体青色且羽毛间隐隐有火焰闪动的神鸟。它在夜幕中掠过海面时会卷起数十丈高的怒涛,飞向天际时会遮住月亮,使大地陷入彻底的黑暗。因此,巫师们将其尊称为"玄鸟"。

困惑的巫师们纷纷开始占卜，最终一位最年长的老巫师得出一个卦象：神自西方来，将为东方带来巨变，吉凶难测。老巫师回想起远道而来的旅人讲述的昆仑，那里居住着众多与帝俊、烛龙同样强大的神祇。那么，这玄鸟莫非来自昆仑？

终于有一天，玄鸟降临在老巫师所在的部族营地前，化作一位背生双翼的美丽女子。她怀中抱着一个襁褓，上面系着一块雕刻着栩栩如生的玄鸟形象的美玉。扫视了一番跪伏在地的部族民众后，她将襁褓放在族长面前，转身化作遮天蔽日的玄鸟，振翅向西方飞去，始终没有说一句话。

老巫师看着族长，神情庄重地说："好好抚养这个孩子吧，整个东夷未来的命运可能都寄托在他身上。"从那天起，族长收养了这个男孩儿。老巫师提议，既然这孩子是由御风飞翔的神鸟送来的，那就叫他"羿"吧。

时光荏苒，羿逐渐长大。表面上看，他和其他孩子没什么两样，喜欢扑蝶、驱狗、上树掏鸟蛋，跟养亲学习狩猎技巧，但问题在于他食量惊人。在那个洪荒时代食物匮乏的环境下这是一个很大的问题。一个人多吃一口就意味着另一个人可能会挨饿。而羿一顿饭就能吃下一整头山猪，连骨头都不剩。

即便羿的养父是部落族长，也不能用别人的食物去喂饱自己的孩子；就算他是部落最优秀的猎手，也无法为羿狩猎到足够的食物。渐渐地，人们看待羿的眼神变了，开始有更多的人提议将他驱逐出部落。在饥饿的面前，什么神、什么部落的命运都变得不值一提。要不是有老巫师和族长（养父）的力保，年幼的羿可能早就被人扔进深山自生自灭了。

然而，少年心性的羿坐不住了。不就是打猎吗，不就是填饱肚子吗？于是他拿上自己用兽骨磨制的匕首，一头扎进了山里。然后他发现，狩猎原来如此简单。他遇到了一只熊，就在熊挥掌拍下来的时候，他伸出自己像柴火棍一样纤细的胳膊架住了熊掌，然后跳起来照着养父教的那样，把匕首插进了熊胸前的月牙形白斑里，熊应声倒地死去。当羿扛着那头庞然大物回到部落时，那些曾经要驱逐他的人全都跪了下来，求族长饶恕，然后就迫不及待地跑去分食熊肉了。一夜之间，小小年纪的羿又从祸害变成了全族的英雄。而羿也从此明白了一件事：人活着最重要的不是善恶，而是要"有用"。

毁灭你，与你何干

随后的几年里，部落的人们真切地感受到生活在神的庇佑之中。由于羿能够轻易地猎杀以往他们不敢招惹的大型凶兽，部落因此拥有了充足的肉食和更安全的生活环境。这样的优越条件使部落人口迅速增长，很快便成为附近地区最强大的氏族。

与此同时，羿也在狩猎中逐渐成长，成了一名身体强壮如山的青年。随着狩猎经验的积累，他开始寻找最适合自己的武器，并最终选中了弓箭。弓箭的猎杀效率极高，无论是天上飞的还是地上跑的，只要被羿看见，都很难逃脱他的致命一箭。他很快就成为一名可以同时射出多支箭，并且每箭必中的神箭手。

人们普遍认为，羿就是神明的恩赐。然而，一切都在那一天发生了改变。

那天，羿像往常一样狩猎归来，却远远地看到家的方向燃起了熊熊大火。站在崖顶上，他目睹了一个长着九个头的庞然大物正在缓慢地穿过他们的部落。这个九头巨兽身躯庞大如山，九张巨口中有的喷出烈焰焚烧一切，有的喷出腥臭的毒液，被沾到的人畜皮肉瞬间溃烂，化为白骨，还有一张嘴露出锋利的牙齿，一口将一个冲向它的人吞了下去。羿凭借远胜于凡人的视力，清楚地看到那个被吞下的人正是他的养父。

九头巨兽肆意毁灭了整个部落，然后扬长而去。当绝望的羿冲进部落的废墟时，他看到在一片焦土之中，只有部落的图腾柱上的那块兽皮还在风中飘舞，兽皮上清晰地描绘着一只九头巨兽的形象。

羿回想起来，那是他们部落的图腾——九婴。由于羿的神勇，他们的部落似乎已经很久没有进行过图腾祭祀了。

然而，部落的幸存者们看待羿的眼神却充满了指责。他们将怪兽毁灭部落的责任归咎于羿，声称正是因为他捕杀巨兽的行为，导致全族忘记了对图腾的敬畏和祭祀的重要性，最终激怒了图腾神。而羿没有在九婴降下愤怒时回到部落接受惩罚，因此导致了部落灭族的惨剧。

面对指责，羿无言以对。这一次，他认为族人的指责是有道理的，自己确实是导致祸端的罪人。如今养父已死，他在部落中也没有什么值得留恋的了。带着深深的自责和痛苦的心情离开了部落开始了流浪生活。

然而，他很快发现，整个洪荒世界似乎都陷入了混乱和动荡之中。凶兽猰貐、凿齿、九婴、大风、封豨、修蛇同时出现在洪荒大地上，肆意毁灭人类的部落，其他凶猛的洪荒凶兽也跟着它们一同横行霸道。

比凶兽更可怕的是，天空中似乎同时悬挂着十个太阳，如流火一般轮番炙烤大地，所过之处，水草枯萎，赤地千里。大饥荒笼罩着整个洪荒大地。

随着时间的推移，凶兽开始以人为食，而到后来，人类之间也开始了自相残杀，人间变成了一片炼狱。

在这片炼狱之中，羿拼命地奔跑着，一边寻找六大凶兽，一边不断猎杀那些吃人的凶兽，用它们的筋骨制作更加强大的弓箭。他希望能杀死六大凶兽来赎罪，即使同归于尽也在所不惜。

然而，尽管他拼尽全力，依然无法拯救这个生灵涂炭的大地。羿感到自己如此的无助和无用。

有一天，他胸前的那块玉忽然发出强烈的光芒，接着一只巨鸟降落在他的面前，化作一位一身黑衣的美丽女子，羿感到她无比的亲切和熟悉。女子告诉羿，九婴灭族的事情与他无关，一切的始作俑者是名叫"帝俊"的东夷古神最高领导者。六大凶兽是他手下的怪兽，而十日并出则是他的十个三足金乌形态的儿子所导致的。人间死伤无数，同类相食，这一切只是因为帝俊在古神间的争斗中落了下风，失了面子，因此迁怒于人类。即使其中东夷部落的人类其实就是他创造的，但在他看来，人类不过是供奉念力的工具而已，所以他说："毁灭你们，与你们何干？我高兴就好。"

羿终于知道了真相，也领悟到，他在世间的最大使命，就是挑战神明。

此刻，人间首位弑神者，应运而生。

神女嫦娥

当羿在洪荒中寻找弑神的武器与方法时,另一位女子也在洪荒中寻觅着武器。这位女子名为"嫦娥",实际上应称她为"神女",她乃是天帝帝俊与常曦所生的女儿。嫦娥的哥哥们,则是帝俊与常曦的姐姐羲和所生的十只三足金乌。

帝俊对美丽动人的嫦娥宠爱有加,从不让她离开扶桑建木,唯恐她受到任何伤害。因此,嫦娥从小到大对男性的印象只有一个——傲慢。她所能接触到的男性只有她的父亲和九个同父异母的金乌哥哥,这些男人共同的特点是蔑视世间一切其他生灵,甚至包括他们的妻子、母亲常曦与羲和。然而,常曦与羲和却从不敢对此表达任何不满,这让嫦娥经常感到愤怒。

后来,帝俊在与昆仑古神争夺人间势力的斗争中屡屡受挫,这使他原本高傲的性格变得更加暴躁难测。不仅下属的东夷古神成为他发泄的对象，就连常曦与羲和也经常成为他暴怒时的出气筒，嫦娥因此愈发气愤。直到有一天，帝俊作出了一个令人震惊的决定，让自己两位身为亲姐妹的妻子的子嗣联姻，即将嫦娥嫁给九只三足金乌。他的理由是：在这世间，只有自己最出色的儿子才配得上自己高贵的女儿。让嫦娥感到绝望的是，她的母亲和阿姨对此并没有提出任何异议。

然而，嫦娥的性格和处事方式与她的母亲截然不同，她习惯站在上位者的角度思考问题。面对父亲的决定，她迅速想到了一个最彻底的解决方案：只要自己的哥哥们全部死去，这桩婚姻自然也就不复存在。然而，想法虽简单，实施起来却困难重重。嫦娥并不知道除了父亲帝俊，还有谁能够杀死三足金乌这种古神。一直被圈养在建木顶端使嫦娥几乎不认识家族以外的神或其他生灵。

不过，由于此时帝俊忙于和昆仑、蓬莱的斗争，纵容六凶与金乌大闹洪荒，难免自顾不暇，从而放松了建木的安保，甚至导致息壤被人类窃取。嫦娥便借此机会偷偷进入洪荒，希望寻找到能够帮助自己弑兄的生灵。然而，她只看到了金乌们在洪荒中傲慢地肆意狂舞，与日同辉，炙烤大地的狂暴景象，却没有看到人间或古神中有谁敢挑战这九个神明。直到有一天，她遇到了羿。

羿拉开一张巨大的弓，同时射出数箭，每一箭都精准地射向掠向地面的几个金乌。然而，箭矢在接近金乌之前，便被它们身上炙热的火焰烤成焦炭，最后化作飞灰。那些傲慢的金乌们，像猫玩弄耗子的游戏一样，远远地用火舌掠过羿的身体，将他的衣物和毛发烧得精光，然后狂笑着飞上九天远去。

这已经是羿不知道多少次挑战金乌了，对于金乌来说，这个力大无穷、悍不畏死的人类成了每天肆虐洪荒之外的一个有趣小游戏。每次被烧成"光鸡"的羿都会从地上爬起来，重新拿起大弓，继续去寻

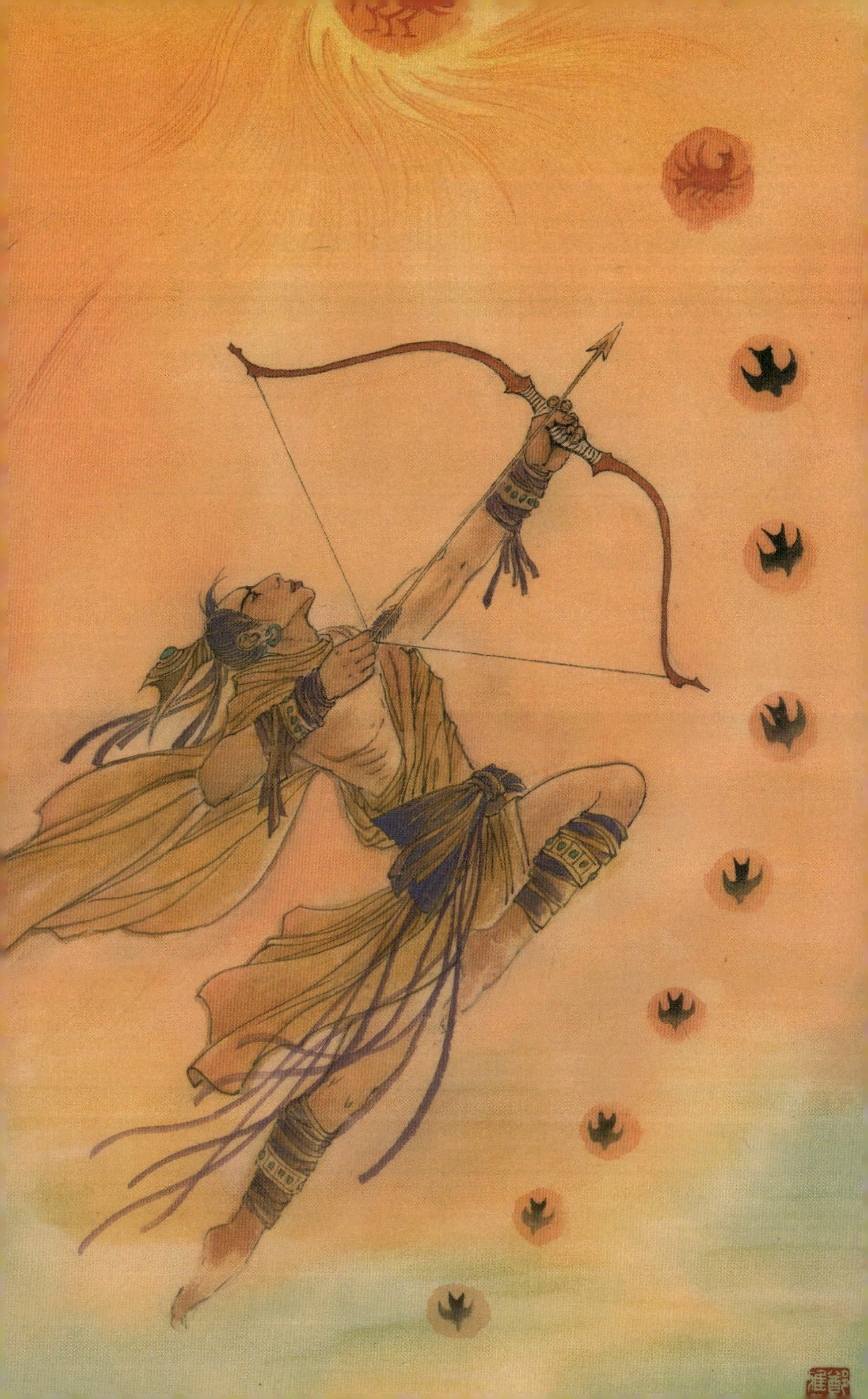

找新的箭矢材质。虽然已经习惯了这样的屈辱，但他永远不会屈服。

嫦娥一直在暗中观察羿，看着他一次次挑战金乌，一次次失败，甚至濒死，但他每次都能重新站起来。经过一段时间的观察，嫦娥终于确定了，羿就是她要找的"武器"。

有一天，嫦娥以神女的身份出现在人间共主尧的面前。随后，羿便接到了尧的召见，并得到了一桶箭矢。尧命令他用这些箭射日诛凶。羿并不知道，这些用建木枝条制成的箭矢，其实是嫦娥假借帝俊的名义给尧的。而他，即将成为神们亲族骨肉相残的那把利剑。在箭射出的那一刻开始，便没有了回头的可能。

射日诛凶

当羿再次站在洪荒的一座高山顶上，天下所有的目光都聚焦在他身上。人间的目光充满了希望，期望羿能够拯救万民于水火之中；而天上金乌的目光则充满不屑，认为这只是一次蝼蚁不自量力的挑战。嫦娥的目光则复杂无比，既希望这个自己选定的"兵器"能够对自己的亲人造成致命一击，又对这个凡人感到莫名的担忧。昆仑与蓬莱的目光则充满了玩味，双方都选择了沉默。

面对在天空耀武扬威的金乌，羿举起弓，搭上箭，九支由建木制成的箭矢破空而出。在箭离弦的一刹那，羿胸前自出生以来一直佩戴的美玉也绽放出耀眼的光芒。当高傲的金乌终于察觉到箭矢中蕴含的致命危险时，为时已晚。它们终于为自己的傲慢付出了代价，被由生养自己的建木所制作的箭矢贯穿身躯，如同流星般陨落在洪荒大地上，地面被它们的坠落烧灼出九片漆黑的焦土。

"射日者——弑神者——大羿！"振聋发聩的万民称颂声响彻洪荒。羿泪流满面，他终于再一次感受到了自己成为"有用"之人的价值。

随着射日诛凶的成功，凡人、仙人以及昆仑开始对帝俊进行清算。嫦娥，这个曾经只是将羿视为工具的神女，也向他表明了自己的身份。然而，随着反帝俊运动的扩大化，作为帝俊家族成员的嫦娥也被列为清算对象。为了保护嫦娥，羿勇敢地斩杀了风伯和河伯，这使他彻底成了人间的英雄。

不死灵药

羿刚接近昆仑的外围，就遇到了那位玄衣女子，她曾告知羿关于十日六凶的真相。此刻，羿胸前的美玉再次绽放光芒。

一瞬间，羿的脑海中闪过了无数画面：他在昆仑出生，西王母亲手为他佩戴昆仑美玉制成的项链，由青鸟化身的九天玄女将他送到东夷部落，交由族长抚养，他的第一次进山猎熊，目睹九婴毁灭部落，以及射日诛凶的壮举。每一次生死关头，他胸前的美玉都会发光。

羿明白了，原来他来自昆仑，他的力量也源自昆仑。但他不明白的是，为什么要不远万里把他送去东夷？

这个问题，只有见到西王母才能得到答案。九天玄女说完，化身为青鸟，载着羿飞向昆仑之巅的玉山。从云端向下望去，英招、陆吾、土蝼等传说中的神兽都仰头观望。

羿看着脚下如同蚂蚁般渺小的神兽，心想：这就是做神的感觉吗？在昆仑之巅，羿见到了西王母。此刻的她已经化身为一位雍容华贵的人间女子，不再是豹尾戴胜的恐怖形象。但她手中的天之厉所散发的气息让羿感到，这个美丽无双的女子比他挑战过的所有古神都要强大无数倍。

在西王母的身后，站着一具没有头的躯体，身姿伟岸如山，以乳为目，以脐为口，手持巨大的青铜长戈与巨盾。羿想起了他曾听养父讲过的故事，那是刑天，被天帝砍下了头颅的上古战神。他幼时最崇拜的英雄竟然在这里。

从西王母的叙述中，羿终于得知了所有真相。所有的线索都指向了一种神秘之物——不死药。这种药物曾经创造出令洪荒人神都退避三舍的怪物——相柳，至今仍在天地之间游荡，被视为西王母彻底失败的作品。不死药的第二次尝试创造出了刑天，这个男人如此完美，对世间一切无欲无求。然而，是人间的历练最终让他找到了生存的意义和战斗的意志。但遗憾的是，他随后被天帝斩去头颅，成了一个不完整的存在。

这一切令西王母深受震撼，她开始认识到人类、古神和其他生物之间最大的区别在于，人类不仅依照本能行事，而且通过思考和想象力来主导自己的行为。因此，她决定进行第三次不死药的试验。这一次，她计划让不死药的未来服用者先在洪荒中成长历练，待他经历了世间的悲欢凶险，有了自己对天地人神的理解后，再让他服用不死药，实现灵魂的升华。而羿则是这一次试验的对象。他的到来标志着他在洪荒中的历练已经完成，心志已经坚定。

羿向西王母问道："为了历练，我为什么要让那么多凡人遭受苦难？"西王母回答道："因为他们太弱小，无论有没有这些事，他们都会死。只有你变得强大，才更有可能保护他们不死，你非常重要。"羿接着问："不死药会让我更有用？"西王母肯定地回答："对，会让你更有用。"于是羿说："那好，把药给我。"

然而，羿并没有马上服下不死药，而是打算回去和嫦娥分享，一起成为不死的神仙眷侣。这一看似无关紧要的决定，却成了故事的转折点。嫦娥告诉羿："不死药我不吃，我也不会让你吃。西王母说不死药会让你更有用，这是世间最大的谎言。"

在人间，可能没有人比嫦娥更了解神了。她认为，这世间再没有比神更无用的东西。有些神声称掌管着山川湖泊、风雨雷电，但这只是因为他们恰巧一降生便拥有这些资源。没有他们，天地照样日出月落、刮风下雨、沧海桑田。像嫦娥的父亲帝俊这样的最高古神，或许在创世之初和造人一事上有些作用，但若没有他，世间早晚也会出现人类。

嫦娥强调，一旦成为神，当那种高高在上的感觉持续千万年，一定会丧失的便是人性。她已经目睹过这样的事情，因此绝不允许羿变得和他父亲与哥哥一样可憎。

月宫黄泉

当羿和嫦娥做出不服用不死药的决定时,他们突然之间成了天地间所有势力的麻烦。对于昆仑和西王母来说,羿拒绝服用不死药意味着他们几十年的辛苦布局全部付诸东流,这是他们决不能允许发生的事情。对于太上老君而言,他已经推算出来,不死药就是西王母最大的谋算。从相柳到刑天,不死药所制造的强悍战士让他洞悉到,西王母似乎也有着和自己全员成仙计划类似的谋划。太上老君不能让西王母的计划阻碍到自己,因此,羿必须被解决掉。而对于人间的共主尧来说,羿的存在则是一种实实在在的威胁。自从颛顼绝地天通后,神仙无故不得降临凡世,人间共主成为天下的主宰。如果羿服食不死药成神离开,对尧而言将是一个皆大欢喜的局面。但现在,这样一个被万民敬仰的弑神者留在人间,让尧坐立不宁。

因此,各方势力开始对羿和嫦娥采取行动。有一天,当羿来到巴山狩猎时,他遇到了一只外形像驴,能口吐人言的兔子。羿觉得这"驴兔"十分有趣,便将其活捉,带回家给嫦娥当宠物。这只"驴兔"其实名叫"䍺扶",也是昆仑孕育的神兽,最擅长蛊惑之术。此次它是奉西王母之命前来蛊惑羿与嫦娥服下不死药的。然而,䍺扶却有自己的打算,对不死药也有所图谋。它装傻卖萌,巧言令色,讨好嫦娥,并随时向嫦娥灌输一个观点:不死药放在家里永远是一个隐患,今天羿不吃,难保哪一天他会改变主意。

随着时间的推移,嫦娥的心态也开始逐渐改变。在成功避开家族纷争和外部清算之后,她头脑清醒,甚至有时显得冷酷。她开始有些相信䍺扶的话,毕竟,小兔子能有什么坏心眼儿呢?即使它长得像驴那么大。而接下来,䍺扶说出的重点更是触动了嫦娥:她之所以不想让羿服用不死药,是因为害怕他成神后迷失自我,被西王母利用。但嫦娥自己本身就是神,那么服用不死药后,除了能够长生不老,其实也不会有什么太大的改变。而剩下的不死药应该怎么处理呢？鹓扶身为神兽，以天下苍生为重，决定冒死代羿服下此药。

终于有一天，嫦娥和鹓扶偷偷地将不死药服下。然而，接下来发生的一切让他们始料未及，他们开始不受控制地飞升上天际。目睹这一切的羿急忙冲回家中，发现装不死药的樽已经空空如也，他马上明白发生了什么。没有任何犹豫，羿当即决定重新登上昆仑山，再向西王母讨取不死药，希望能飞天追回嫦娥。

就在此刻，一支箭矢从背后狠狠地射入了他的心脏。这一次，他胸前的昆仑神玉并未闪烁起保护的光芒。

射箭的是一个手持弓箭的男人，他在黑暗中转身离开。这个男人是逢蒙，他一直在追随羿学习箭术。但实际上，他是太上老君为了对付羿而安排的棋子。对于像羿这样身经百战，又有昆仑神玉护身的人，即使偷袭，成功的概率也微乎其微。因此，逢蒙一直在等待，等待一个羿心神大乱的机会，用老君赐予的箭矢进行致命的一击。

羿倒下了。尧的内心充满了狂喜，但他却以恸哭的方式，用最隆重的祭祀仪式为羿下葬，并发布诏令，命令全天下的军队追捕逄蒙。

在昆仑之上，西王母罕见地重现了自己披发戴胜的狂暴形象，她仰天长啸，整个昆仑山的神兽都匍匐在地，瑟瑟发抖。一个人的死亡，震动了整个洪荒世界。

然而，此时的羿却突然醒来，他发现自己来到了一个灰蒙蒙的地方，无法辨别东南西北，也没有日月星辰，唯一的声音是从一处泉眼发出的汩汩水声。

这个地方就是黄泉，是死者灵魂归去的地方。一个庄严的女声飘来："此处为黄泉，死者魂归之处，吾乃后土，司掌天下土地。"

羿问道："既已为亡魂，为何有知？"后土回答：

"尔受人间万民祭拜,因死而成神。自今日起,吾封你为宗布神,掌黄泉幽冥,开阴司地府,自此天下阴魂各有归属,天道轮回开启。"

与此同时,在月亮上的嫦娥正静静地凝视着空荡荡的月宫,突然转过头来,冷冷地瞪着那只愁眉耷眼的"驴兔"。然后她站起身来,慢慢地向它走去……

羿的故事似乎结束了,但其实并没有真正结束。

羿焉彃日？烏焉解羽？

王子乔

问： 大鸟鸣叫的原因是什么？是因为它的死亡吗？

答： 实际上，大鸟并没有死，它只是在鸣叫玩耍。

在《天问》中，关于神的提问较多，而关于仙的提问较少。这主要是因为屈原所处的时代道教尚未出现，"修仙"的概念还没有形成系统化的理论。

关于"大鸟何鸣"这一句，有一种解释认为是在讲述"金乌十日"的故事。然而，考虑到在之前的文中已经提及过大羿射日的事件，再次引入金乌的元素就显得有些奇怪。

相比之下，另一种解读认为这句话是在引用"崔文子王子乔"的典故，这种解读显得更为合理。王子乔在《楚辞》中算得上是一个热门人物，他经常在包括《天问》《远游》等著名篇章中出现。

因此，我们决定在《天问》系列中集中讨论王子乔这个角色，并顺便科普一下关于"姓氏"的知识。

天才神仙王子乔

今天要聊的这个神仙可是一个厉害角色,他在四十八岁就成仙了。而且,他还有一个很特别的身份,那就是天下所有王姓的始祖。换句话说,从他开始,才有了"王"这个姓氏。现在所有姓王的人,都得称他为"祖宗"。

聊起这个神仙,他原本姓姬……没错,中国王姓的始祖真的姓姬,这是有官方认证的。

他叫姬晋,是东周第十一代君主周灵王的太子,所以也叫"太子晋",是一个如假包换的"王二代"。

那么,他怎么会成为王姓的始祖呢?

这还要从战国之前的"姓"和"氏"说起。在那个时候,"姓"和"氏"是分开的。姓是从远古传下来的,记录的是母系祖先,全天下只有八个姓,都是女字旁的,姬就是其中的一个。而"氏"是这些有姓的贵族开枝散叶后，用来标记自己这一支的称谓。有时候是用地名，有时候是用官名，有时候是用其他各种名。

举个例子，大家都熟悉的姜太公姜子牙，他就是姜姓、吕氏，因此他叫姜望，也叫吕望。还有我们常说的屈原，他是芈姓、屈氏，所以也可以叫芈原。

再回到这位姬晋身上，他姓姬，名晋，字子乔。因此，很多人叫他太子晋，也有很多人叫他王子乔。这都没错，他既是太子，也是王子。

但此时的姬晋，也就是王子乔还没有"氏"，因为他还是一个孩子。前面说了，"氏"是开枝散叶后才有的。但这个孩子可不一般，他走了一条不寻常的路。

首先，这王子乔从小就有着惊人的音乐天赋。他有一个绝活，能用笙吹奏出凤凰的叫声，然后引来凤凰起舞。要知道，凤凰可是周王朝的图腾，当初就是因为有了凤鸣岐山的祥瑞之兆，才有了后来的武王伐纣建立周朝。这王子乔能和凤凰沟通，简直就是天选之子啊！

然而，在他十八岁那年，他公然在朝堂上反对周灵王的施政方针，并当众把他父亲驳斥得下不来台。这触怒了周灵王，导致他的太子之位被废，贬为庶人。我们实在难以理解这是什么神鬼操作。通常，如果失去了太子之位，一般人肯定会苦苦哀求父王收回成命。但是，这位王子乔却做出了与众不同的选择，他直接离家出走了！

这一走，他就从洛阳走到了嵩山。在嵩山，他遇到了一位方士——蓬莱仙岛的浮丘生。于是，王子乔决定跟随浮丘生进入嵩山开始修炼。真是令人感慨万分啊！秦皇汉武倾尽全力追求成仙，结果到死都没能实现，而王子乔只用了三十年就成仙了。这真是验证了那句话"人比人气死人"。

三十年后的一天，王子乔托梦给他的弟弟说："七月初七,来嵩山顶上看我成仙啊。"他的弟弟如约而至,只见王子乔骑着白鹤升天而去。今天我们说的"羽化登仙"就是从这里来的。

顺便提一下,有人曾经问过一个问题:"为什么外国的神仙都是趴着飞,跟在天上游泳似的,而中国的神仙一般都是站着飞?"要解答这个问题,王子乔就是一个非常合适的例子,因为他成仙后特别喜欢研究各种飞行术。

一般来说,无论是中国的神仙还是外国的神仙,他们最早的飞行方式往往都是借助各种会飞的神兽。外国的一般是飞龙、狮鹫、老鹰等;中国的就更丰富了,高规格的有黄帝成仙驭龙飞升,其他的还有凤凰、鸾鸟、孔雀、仙鹤之类的,总之一般都是大鸟。

王子乔也不例外,他成仙之时,就是驾着一只白鹤,在七月初七的嵩山之上飞升的。这就是神仙初级阶段的飞行术——借助飞行器。在这一点上,东西方是基本一致的。

但成仙之后,在飞行方式上,中国神仙和其他地方的神仙就走上了不同的道路。

世界上其他地方的神明,大都用的是这样一种方法——让自己长出翅膀,也就是把自己变成"鸟人"。像鸟一样在天上飞,那自然是肚皮向下趴着飞了。

而中国神仙,用了一种特殊的方法——驾云,也就是用云充当飞行器。那这样对姿势就没有要求了,可以潇洒地站着飞、坐着飞、躺着飞,随心所欲。

那么,为什么只有中国仙人发展出这一特别的仙术呢?这要请出仙师王子乔给大家解答了。

在《楚辞·远游》中有这么一段描写:

轩辕不可攀援兮,吾将从王乔而娱戏。餐六气而饮沆瀣兮,漱正阳而含朝霞。保神明之清澄兮,精气入而粗秽除。顺凯风以从游兮，至南巢而壹息。见王子而宿之兮，审壹气之和德。

这段说的是什么呢？是《楚辞·远游》的作者对王子乔修仙的描写。重点是这句："餐六气而饮沆瀣兮，漱正阳而含朝霞。"什么意思呢？说的是仙人的日常饮食，基本都是天地间的六气以及阳光朝霞之类。所谓"不食人间烟火"，说的就是这个。

这样的修炼结果是什么呢？就是可以"顺凯风以从游兮，至南巢而壹息"，意思是可以御风而行，一息千里。

明白了吗？世界上其他地方的神明飞天，是用和动物一样的方式，用自身力量对抗地心引力；而中国的仙人是通过吸纳自然精气使自己变得比云还轻，随自然之力无所不至。这是两个完全不一样的路径。不过，在姿势上，中国仙人肯定潇洒多了。

但是，仙人王子乔并不满足只有驾云这一种飞行形式。在古书《艺文类聚》中，记载了一个有趣的故事：一个叫陶侃的人遇到了王子乔。王子乔称赞了陶侃后，穿上了一件由羽毛制成的仙衣，然后像大雁一样飞走了。这简直就是通过修炼法宝，把自己变成了"鸟人"。

但这也满足不了王子乔，他又搞了一项发明，炼出了飞剑，开始用宝剑当飞行工具。《太平御览》中说他能隐遁日月，游行星辰。从此之后，世间又有了剑仙这一分支。

再后来，他就开始研究变化之术了，将自己直接变成各种动物，上天入地。不过，这次王子乔差点儿玩过了。这个故事记录在王逸对《楚辞·天问》的注解中：

白蜺婴茀，胡为此堂？

安得夫良药，不能固藏？

天式纵横，阳离爰死。

大鸟何鸣，夫焉丧厥体？

王子乔在人间有一个徒弟，叫崔文子，专门在人间帮王子乔散发仙药给有缘人。有一次，王子乔去给崔文子送药，想吓唬一下崔文子，就变成了一只白色的大四脚蛇。结果崔文子也是一个狠角色，抄起一把青铜戈就把大四脚蛇给砍成了两段。等到四脚蛇现出本相，才发现是师傅王子乔，已经死得透透的了。这下可把崔文子吓坏了，正哭着呢，王子乔的尸体忽然就变成了一只大鸟，狂笑着飞走了。要说这神仙有时候也真是够闹腾、够让人无语的。

说了半天神仙飞升的事儿，现在我们来聊一聊"王"姓的起源。后来，道教将王子乔和赤松子作为长生仙人的象征供奉起来。由于王子乔有周王子的身份，他成仙后自成一派，"王"自然而然地成了他的姓氏。到了五代十国时期，前蜀皇帝王衍正式认证王子乔为天下王姓的始祖，并封号为"圣祖圣道玉宸皇帝"。

让我们来总结一下，各位姓王的同学，你们的祖上可是非常了不起的，他们出身皇族，能够与神族沟通，多才多艺，智商爆表。他们修仙的天赋满满，命中有贵人相助，不到五十岁就得道成仙。这简直比网络小说还要精彩啊！

> 白蜺婴茀，胡为此堂？
> 安得夫良药，不能固藏？
> 天式纵横，阳离爰死。
> 大鸟何鸣，夫焉丧厥体？

蓬萊

问： 真的存在由巨鳌背负的仙岛吗？大地板块是如何运动的？

答： 这可能是中国历史上最大的误会。

《天问》中并没有直接提及蓬莱。但后世关于蓬莱的核心设定，就是《天问》中的两句描述。屈原的一个问题，让后世无数人间帝王都有了一个永远求之不得的"成仙梦"。

屈原在《天问》中关于蓬莱的问题是："巨鳌背负着神山舞动四肢，神山怎样才能安然不动？龙伯巨人舍弃舟船行走陆地，又是怎样将灵龟钓离大海？"这实际上是在探讨如何解释蓬莱在海上时隐时现的现象。

然而，问题的背后所隐含的，那永远无法靠近的海上仙山，其实更多的是人们对于长生不老的欲望凝成的幻影。

这个观点很有深度。但是，在抖音上，讲述故事如果过于倾向哲学和沉重可能不受会欢迎，需要转化一下风格。于是，我们想起了那个"我是秦始皇，打钱"的网络诈骗短信。当然，在后边的内容里，我们会再次提及在《天问》系列开始就埋下的那条线索——这一切，都是计划的一部分。

世间安有蓬莱岛

有人收到过秦始皇发给你的短信吗？

"你好，我是秦始皇，其实我并没有死！我在西安有100亿吨黄金，我现在只需100元人民币来解封我在西安的黄金！你微信、支付宝转给我都可以，账号就是我的手机号！转过来我直接带兵打过去，让你统领三军！"

假如有那么一点儿的可能，这条短信真是秦始皇发的，而你的智商和情商都特别高，还真给他打钱了。那么，现在我告诉你去哪儿找这个"秦始皇"。记住啊，他绝对不在秦始皇陵的地宫里，根据一些古代文献和传说，他只可能在一个地方——那就是被称为"蓬莱"的神秘之地。

数千年来，华夏大地上诞生了众多的帝王。他们功盖天下，权倾四海。天下万民都是他们的子民。四海之内，莫非王土。对于这些人间的帝王来说，似乎没有什么是他们得不到的。然而，对于那些站在权力巅峰的帝王来说，人间的一切已经无法满足他们了。在达到人生巅峰之后，他们产生了一个共同的欲望——寻找传说中的东海之上的蓬莱仙山。

在这些帝王中，最为狂热的两位被称为"秦皇"和"汉武"。他们就是统一六国，被尊称为"千古一帝"的秦始皇嬴政，以及远征匈奴三千里的汉武帝刘彻。找到蓬莱，是他们辉煌人生中的终极野心，然而，这也是他们一生中最惨痛的失败。

秦始皇一手铸就的大秦帝国，原期望能够传承千秋万代，然而却在二世后走向了灭亡。汉武帝刘彻几乎杀光了自己的后宫与所有继承人，最后只能找到在民间放羊的刘病已来继承皇位。而这一切悲剧的根源，都起因于那虚无缥缈的蓬莱仙山。

为了找到蓬莱仙山，秦始皇不仅派徐福率领数千童男童女出海求取仙药，自己更是亲自六次东巡，在今天的山东沿海一带反复寻找蓬莱仙踪。而他也最终命丧第六次东巡途中，死后被丞相李斯秘不发丧，尸体被装在车里，掩埋在成堆的鲍鱼之中，以此掩盖腐臭之气。

当然，这只是一个版本的历史，我们也可以选择相信另一个版本：秦始皇为了掩盖自己成仙的真相，用一具尸体替换了自己。为了不让人发现真相，他故意让尸体腐烂到不可辨别才让手下发丧。而他自己则成功登上了蓬莱仙岛，成了仙人，从此在仙界逍遥自在。

至于汉武帝刘彻，他寻找蓬莱仙踪的经历与秦始皇颇为相似。不同的是，在最后的关键时刻，西王母降临未央宫，点醒了刘彻，让他意识到人生的真谛。

现在让我们来探讨一下问题所在。首先，为什么像秦始皇和汉武帝这样已经站在权力巅峰的帝王会对蓬莱如此狂热呢？答案其实很简单：传说中提到，只要有人能够登上蓬莱仙岛找到仙人，就有可能获得长生不老的仙药。

接下来，我们来解答第二个问题：这个蓬莱仙岛究竟是从何而来的呢？在《山海经》中，我们可以找到关于昆仑山的详细记载，包括其地理、物产以及神祇等。然而，关于蓬莱的记载却相当简略，仅提到它位于海中。在《天问》中，虽然包含了一百七十二个问题，关于昆仑的有十四个，而关于蓬莱的却只有一个半问题："鳌戴山抃，何以安之？"

这些古代文献表明，尽管有许多人间英雄和君主都曾登上过昆仑山，但蓬莱仙岛却始终是一个谜团。只要有人类的船只靠近它，就会立刻消失在浓雾中，从未有人真正登上过这座神秘之岛。换句话说，从上古洪荒时代一直到春秋战国前期，蓬莱仙岛的存在从未被证实过。

秦皇汉武为何不选择攀登昆仑寻求不死之药，而偏执地追寻这虚无缥缈的海上仙山蓬莱呢？蓬莱，究竟是世间一个比昆仑还要神秘的所在，还是一个精心策划、针对人间帝王的惊天骗局呢？

李白的诗中描述了蓬莱仙山的景象："天上白玉京，十二楼五城，仙人抚我顶，结发受长生。"这不仅是李白笔下的蓬莱，也是蓬莱一贯展示给世人的形象。传说中的蓬莱，所有的建筑都由白玉雕成，所有的珍禽异兽都浑身散发着光芒。白胡子的仙人慈祥地等待着你，教你长生不老之法，给你吃像甜瓜一样大的枣子。然而，一旦有人真的出海，靠近了影影绰绰的蓬莱仙山，这仙山附近就会突然风雨大作，巨浪滔天，或者仙山本身干脆突然消失。总之，就是不让你登上去看到实景。

关于蓬莱的描述，一开始只来自那些自称出身蓬莱的仙人的传说，只有寥寥数语，语焉不详。蓬莱的面目真正变得具体而详尽，则是出自一群在战国时期突然出现在燕国、齐国沿海的，自称方士的人口中。这些人遍访战国七雄的宫廷，向君主们推销顶尖旅游地产——蓬莱仙山，其核心卖点便是长生不老。带童男童女出海的徐福，就是方士中最典型的一员。他把秦始皇忽悠得一愣一愣的，最后性命和江山都丢在了寻仙路上，而徐福自己带着童男童女下落不明。汉武帝时的少翁、栾大、李少君、公孙卿也都是方士，被写进了司马迁的《史记》。但仔细研究后发现，除了会变戏法，满嘴天花乱坠，一点儿真法力也没有。

讲到这里，大家可能会认为蓬莱就是一群骗子搞出来的骗局，根本不存在，也忽悠了君王上当。然而，事实恰恰相反。蓬莱是真实存在的，也真的有人登上过蓬莱。第一个登上蓬莱的人是轩辕黄帝。但蓬莱并不是传说中白玉雕楼的仙境，它只是东海归墟很多漂在海上的岛中最大的一个。黄帝来此的目的也确实是为了成仙，但他所用的方式是通过杀死自己的仙师——世间第一个成仙的凡人广成子，然后用他的血来炼制丹药。黄帝要用仙人的血洗掉自己半神的血统。这事儿绝不能被天下人所知，所以他才会跑到世界的尽头——东海归墟来干。蓬莱不是什么人间仙境，而是仙人的血池黄泉。黄帝成功了，他飞升了。而蓬莱并没有被废弃，它被包装成了传说中白玉京的样子，号称世间仙人发源之地，被巨大的乌龟驮负着漂流在东海。但蓬莱被结界包裹，设定为人类永远不可到达的地方。蓬莱是人类成仙梦想的终极灯塔。

那些如江湖骗子一般忽悠君王的方士们，则是一个大到覆盖整个世界的计划中的一步棋。君王们不会得到长生，方士们只是要激发君王的狂热。"上有所好,下必从之",当一言九鼎的君主将修仙作为头等大事时,整个人间势必掀起修仙热潮。越是功盖寰宇的君主,越能够更强力地在世间种下这修仙的种子。但这些君主自己的生命不过是供这种子成长的区区养料罢了。

整个计划需要成千上万年来执行,又怎么可能让这些人间君主一世而得长生呢?真正的计划是让所有世间生灵,不管有没有慧根、灵识,统统能够无条件成仙,统统长生不老,以此对抗宇宙的最终结局——热寂。没错,这一切都是计划的一部分。这个计划的幕后主导是大道意志"太上"和李聃的结合体——太上老君。这就是蓬莱仙话如何在世间兴起的真相。

鳌戴山抃，何以安之？
释舟陵行，何以迁之？

女媧

问：女娲造了人，但又是谁造出了女娲呢？

答：我们常将女娲想象为人首蛇身的形象，但实际上，她可能更是天地万物，是生命本身的象征。

如今在华夏大地，女娲之名无人不晓。但是在屈原生活的那个时代，人们很少提及女娲，更别提对她具体形象的描述了。因此，在《天问》中，屈原并没有问及女娲造人的事情，而是问了是谁创造了女娲。这样一句简洁的"女娲化体，孰制匠之"，实际上也是在探索创世之初的奥秘。

有趣的是，尽管屈原在《天问》中提及了女娲，但却没有提到伏羲。然而，两千年后的1942年，长沙子弹库楚帛书出土，上面明确写道伏羲娶了女娲（或者称为"女填"）之后创世。

这引发了一系列问题：屈原是否知道楚帛书上的这段描述？如果他知道，为什么还会在《天问》中发问？如果他不知道，那么，楚帛书上的这些内容又是从何而来的，以至于像屈原这样的大学者都对其一无所知？

关于女娲的故事，实际上是基于对女娲崇拜从兴起到衰落的历程进行考察，结合上述疑问，对中国创世神话的一种新的解读。

天问·女娲

今天我们大部分人对女娲的形象都有着相同的认知：人首蛇身，就如同《葫芦娃》中的蛇精形象。实际上，很多汉代及其后的墓葬中，确实出土了大量描绘女娲人首蛇身形象的墓砖和画像石。这就引发了一个问题：既然女娲自己是人首蛇身的形象，为什么她没有按照自己的形象来创造人类，而是将我们创造为有手有脚的模样呢？

在天地初创之时，有一位古神在洪荒中诞生，接过了创生和继续塑造天地的重任，这位古神就是女娲。而她用来演化天地的法宝，正是《山海图》的化身之一：《山河社稷图》。这也就是为什么在《山海经》中没有记录女娲的功绩——因为《山海经》是描述《山海图》画卷的文字，而女娲则是超越《山海图》之外的存在，并不会出现在《山海图》上。事实上，《山海经》唯一透露出女娲行踪的地方，是在描述灵山十巫的来历时——他们是由名为"女娲之肠"的神物化生而成的。

事实上，从上古时代一直到战国，都没有任何一个凡人见过女娲的真面目。在《天问》中，提及女娲的只有一句："女娲化体，孰制匠之？"屈原很想知道，既然女娲创造了人类，那么又是谁创造出了女娲呢？女娲的本体，究竟是什么样子呢？答案是：女娲可以是任何样子。因为女娲神通广大，能够千变万化,这在《山海经注》和《淮南子》中都有记载,即所谓"女娲一日七十变"。她可以变化成任何自己创造出来的东西的形态。因此,女娲可以是山川、江河、飞禽走兽,也可以是蛇虫鼠蚁。她随心所欲地变化,也随心所欲地创造。对女娲来说,造人根本算不上什么丰功伟绩,只是她在细细雕刻这洪荒世界过程中的一个突发奇想,只是她万千作品中的一件而已。所以,不是女娲按照自己的样子造人,而是人类被女娲塑造成了这个样子而已。如果有人质问女娲:"你为什么不照着自己的样子去创造我们?"女娲一定会笑破肚皮——你们也配?

然而,女娲却没有想到,自己在无意间创造出了这个宇宙中最"逆天"的生灵。这个"逆天",并不是形容词,而是对人类发展和行为最准确的描述。女娲造人之后,便将他们放逐到荒野之中,撒手不管了。当人类结成部落、迁徙到洪荒各处繁衍生息

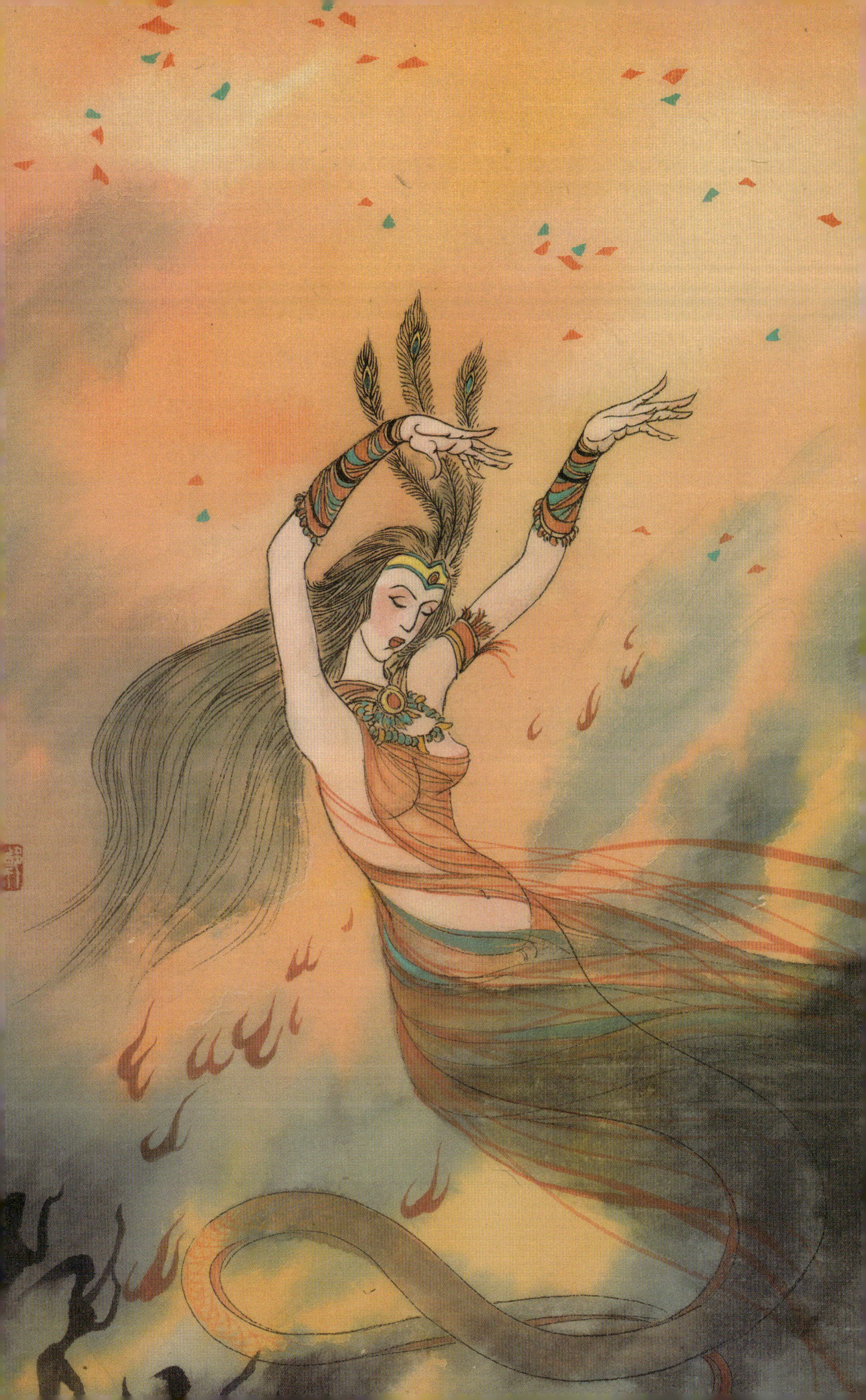

时，女娲觉得他们和蚂蚁好像啊。当人类开始学习耕种、畜牧、冶炼、探索医药、纺织等知识时，女娲觉得这些小东西好有趣啊，似乎和她创造的其他事物都不太一样。当人类开始通过巫觋与古神沟通、奉古神为图腾、献上信仰念力时，女娲觉得似乎有哪里不太对劲了。人类个体虽然弱小却天生有两项天赋：一是女娲给了他们灵巧的四肢，让他们可以站立行走并使用工具；二是人类天生善于发出复杂的声音，这声音最终变成了语言，而语言成为人类相互交流、建立起大规模族群的基础。于是，在洪荒大地上人类的部落一个个亮起了篝火。从星罗棋布的火苗渐渐连成片，这火光恰如人类未来的征途一般，终将照亮整个洪荒。

最初，人类以母系的血缘为纽带，形成了部落，因此，每个部落的名称往往带有"女"字旁。在不断地融合与兼并中，那些供奉强大古神图腾的部落逐渐脱颖而出。最终，九个部落几乎主宰了洪荒所有人类版图，它们就是今天所说的上古八姓——姬、姜、姒、嬴、妘、妫、姞、姚，以及以人类创造者女娲为图腾的娲族。

那时的娲族是洪荒最强大的部落。尤其是当共工撞塌了不周山，女娲斩巨龟炼石补天，力挽狂澜之后，娲族便成为了女娲在人间的代言人，大有成为人间共主的势头。尽管女娲从未亲自降临，但每一个娲族人都坚信他们拥有最高贵的血统，注定要成为人间的统治者。

然而，当人类部落之间的战争爆发，古神作为各个部族的图腾下场，最终酿成天塌地陷的惨剧后，女娲对于人类开始有了警惕之心。当人类中出现了修仙者时，女娲更是察觉到这个物种已经不再弱小，他们似乎与大道建立了直接联系，具有与古神平起平坐的潜力。因此，女娲决定要消灭这个自己创造的物种，因为他们正在颠覆她所代表的天地秩序。

从封神战争开始的那一刻起,人类与女娲便彻底站在了对立面上。然而,当人间的仙人开始登上洪荒的舞台,与古神分庭抗礼之后,一切都发生了变化。对于领悟了大道、由凡人修炼成仙的仙人而言,世间的所有其他神祇都是可以合作或拉拢的对象,唯独女娲除外。因为女娲必须从神坛上消失,对于仙人来说,她是一个巨大的威胁。

仙人和古神一样,需要借助世间凡人的信仰念力去提升修为,但仙人是从凡人修炼而成的。也就是说,如果将女娲继续作为人类的创造神,那么女娲又直接变成了仙人的缔造者。所有针对仙人的供奉都会有一大部分被女娲占据。这种为他人作嫁衣的事情,仙人们怎么可能去干呢?因此,仙人与女娲绝对不可共存。而女娲也是这么想的。

神仙之间的争斗导致了凡人的苦难,首当其冲的便是自以为高贵的娲族。在仙人与被仙人拉拢的部族图腾的引导下,八姓联军向娲族发起了进攻。结果毫无悬念，上古九姓从此变成了上古八姓，高贵的血统变成了大地的肥料。然而，令人意外的是，女娲并没有对此表现出过多的愤怒，因为她的目标从来就不仅针对仙人，而是想要毁灭她所创造的这个逆天物种——人类。娲族对她而言连一个工具都算不上。

自此以后，女娲开始亲自降临人间，她选择的形象是人类曾经最可怕的梦魇——相柳的模样。这也解释了为什么女娲在人间的形象会变成我们今天所熟知的人首蛇身的样子。世间流传着这样的说法："女娲人首蛇身"。

随后，女娲在商末挑起了封神战争，并为这场战争设计了一个让人类和仙人在自相残杀中共同走向毁灭的结局。然而，太上老君却提前预判了女娲的计划，使这场战争并没有完全按照她的预想进行。

封神战争最终演变为蓬莱仙系、东土释教、昆仑古神三派势力的重新划分，形成了以天庭为中央机构的神、仙、佛、人体系。人间因此再无被颠覆的可能，女娲只能黯然隐退，两手空空。

然而，仙人们并不满足于此，他们希望女娲永远走下神坛。于是，他们花费了数百年的时间在世间消散女娲的神格，将女娲从创世神的地位降为三皇五帝中的一员，并称她为"圣人"。到了东汉时期，甚至有大儒王充直言不讳地说："女娲，人也。"

虽然这一过程是由仙家授意的，但人间的帝王们执行起来却毫不迟疑，因为女娲的存在对于他们来说也是一个直接颠覆其合法性的不安定因素。从此，女娲的故事虽然在世间流传，但很少有人再去供奉和崇拜她。我们就这样封印了我们的创世神。

然而，还有一个人不能被忘记，那就是伏羲。伏羲是被上古八姓消灭的娲族的族长，拥有通神的能力。他推演先天八卦，将大道至理用至简的方法传遍华夏，开创了结网、文字、嫁娶等诸多事宜，为人类早期文明的发展做出了巨大贡献。

因此，在娲族的传说中，他和女娲是共同的创世之神。但是，他在娲族泯灭之后被从世间的传说中抹去，只有在被私藏于一座古墓的上古文书中才有关于他的记载。伏羲之名却作为捆绑女娲"人也"地位的最好绳索，永远与其交织在了一起，成为"三皇"之一，被誉为人文始祖。但说到底，伏羲更像是女娲的狱卒。

女娲化体,孰制匠之?

玄鸟

问：天命玄鸟，降而生商的真相为何？

答：这是西王母的又一项计划。

自从女娲有了具体的形体之后，《天问》的内容便逐渐与人间事务相融合。幸运的是，在三代时期，历史与神话紧密交织，我们仍然能够发现诸如"天命玄鸟，降而生商"这样的神话故事。

屈原在《天问》中提出了一个问题：为何玄鸟要送来使简狄怀孕的鸟蛋？

我们的回答是：这与西王母及与之相关的事务有关。

玄鸟·玄女

有一位神仙，从古至今主要做两件事：一是教人打架，二是教妖精打架。这位神仙就是大名鼎鼎的九天玄女。

一提到九天玄女,大家可能会想到传说中帮助黄帝打败蚩尤的人,或者《水浒传》里传授兵书给宋江的人,以及数不清的小说、游戏和电视剧中作为主角靠山或大反派的人。一般来说,九天玄女给人一种高高在上的女神形象。

这也不奇怪,因为"九天玄女"这个名字听起来就特别"高大上"。把"九天"、"玄"和"女"组合在一起,很容易让人联想到高悬在夜幕之上、羽翼遮蔽星辰、俯瞰众生的画面。举个例子,如果把九天玄女改名为"七天红姨",是不是马上就感觉她变成了搞家政服务的人?所以说,名字真的很重要。

但实际上,九天玄女并没有她名字听起来那么玄乎。要理解这个名字,我们需要把"九天"、"玄"和"女"拆开来看。首先是"九天",在上古神话中,九天并不代表地位高高在上,而是说她经常飞在天上。换句话说,九天暗示的是九天玄女的真身是一只大鸟。在《山海经》中,她被记载为人身鸟首,而在《黄帝问玄女兵法》中则相反,她为鸟身人首。不管是哪种形象,总之她和鸟有密切的关系。

那么"玄"呢?很多人应该知道,在古代"玄"代表着黑色。所以一提到玄女,人们通常会想到一身黑衣、冷艳性感的形象。但古代其实还有一个字和玄一样代表黑色,那就是"青"字。这里的青不是绿色,而是蓝黑。"玄女"因此也可以称作"青女"。所以九天玄女其实就是飞在天上的、青色的女性鸟人。

那么,九天玄女是谁派来帮助黄帝的呢?答案是西王母。西王母手下最亲信的助手是谁呢?三青鸟。这样,一切都对上了。原来,这九天玄女就是化作人形的青鸟啊。

上古洪荒时期,当西王母还是豹尾虎身、披发戴胜的模样时,青鸟就是半人半鸟的古神样貌。等到西王母加入道教并改头换面成了雍容华贵的大女主时，青鸟也与时俱进地改变了形象。她找造型师做了一袭黑衣的高冷范儿造型，所以在《山海经》中，九天玄女是半人半鸟的形象，但到了晋代葛洪的《神仙传》中，她就已经幻化成彻底的人形大美女了。

这九天玄女既不是像西王母、女娲、帝俊那样的洪荒古神中的顶尖人物，也不是道教三清那样的神仙鼻祖。她本生活在昆仑山上，是西王母手下众多的兽身古神之一。后来，随着西王母加入蓬莱仙系成为女仙，九天玄女也最终慢慢进入道教的正式神仙序列。

关于妖精打架的情节，咱们接着往下说。现在我们已经知道九天玄女就是西王母的青鸟，那么接下来的问题是：青鸟有什么法力？她来人间干什么？

众所周知，西王母的核心技术与产业就是研究不死药。而不死药是给凡人吃的，所以势必需要在人间进行大量试验并收集数据。这也解释了为什么九天玄女会来到人间,她的任务就是帮助西王母进行不死药的研究和试验,同时也教授人类和妖精打架的技巧,以维护人间的平衡和秩序。

与"不死"紧密相关的最佳试验,显然就是战争和生育。其中一个是研究如何避免死亡,另一个是研究如何延长生命。因此,当九天玄女降临人间时,她主要替西王母执行两个任务:教授人类战斗技巧和教授妖精打架的技巧。在古代文献中,这被描述为"传授兵书"和"传授房中术"。

从《山海经》记载的黄帝与蚩尤的战争,到《水浒传》《平妖传》《薛仁贵东征》等作品,九天玄女一直在协助人间英雄完成主线任务和支线任务,关键时刻还会施展神力,如同使用"外挂"一般,轻松解决敌人。因此,在民间,她被誉为"女战神",自然也成了最佳的降神工具人,可以填补所有与战争相关的未解之谜。

有关九天玄女教授妖精打架技巧的记载其实相当丰富，只不过这些记录大多保存在道教典籍中，普通百姓所知的甚少。最早的记录是黄帝接受九天玄女的指导，得到了中国第一本房中术典籍——《玄女经》。随后，在"天命玄鸟，降而生商"的传说中，九天玄女亲自降临人间，在东夷地区繁衍出了华夏王朝——商代。东晋时期，葛洪的《神仙传》中关于九天玄女的描述，除房中术外，几乎没有其他内容。

而如前所述，所有房中术的目标都是指向同一个方向——长生不老。因此，我们最终会发现，九天玄女实际上是一位对人间充满深厚爱意的女神。她的存在和努力都是为了帮助人类实现永生的梦想。

简狄在台訾何宜?
玄鸟致贻女何嘉?

伊乎

问：为何有莘国君对伊尹心生厌恶，却仍选择他作为陪嫁？

答：优秀的厨师在任何地方都受欢迎。

伊尹的故事可以被视为中国上古时期最早的"逆袭文"，其情节似乎与现今网络文学中常见的装内行打脸、底层逆袭的套路颇为相似。然而，在那个遥远的时代，伊尹所取得的成功具有难以想象的重量与难度。

更为引人注目的是，这样一个颇具神话色彩的人物后来被甲骨文证实为真实存在的人物，这无疑为其传奇经历增添了更多的神秘色彩。

因此，这个远古版《食神》的故事具备了所有在抖音等平台上传播的特质：击中观众的兴奋点、情节离奇神秘，以及真假难辨的元素。

在伊尹的传说之后，《天问》的焦点转向了商周的历史，其中的神话色彩不再如此浓烈。而我们关于《天问》中神仙的解说也将在此告一段落。

上古食神

上古时期，出身奴隶的伊尹协助商汤成功推翻了大禹建立的夏朝，一跃成为殷商的宰相，他的经历堪称中国神话时代最早，也是最令人震惊的一次逆袭。值得一提的是，伊尹与大禹还有一些血缘关系，因为两人的母亲都来自有莘氏。然而，两人的命运却是天壤之别的。

大禹的父亲是尧帝的重臣，他为了治理肆虐的洪水，甚至冒着生命危险去建木盗取了天帝帝俊的息壤。历经九年治水无功后，他被处死在羽山。尽管如此，大禹因他的显贵身份继承了父亲的事业，并最终成功治水，成为夏王朝的开国君主。

与大禹的光环不同，伊尹的母亲只是一个住在伊水边的普通女子。当家中石臼突然冒水，预示大洪水即将来临时，她不顾自己怀孕，努力逃跑并警告邻居。但怀孕的她行动不便，眼看就要被洪水追上。在绝望中，她向上天祈求保佑自己的孩子，并愿意付出一切代价。某种神秘力量让她的生命得以延续，但代价是她变成了一棵桑树。当洪水退去，人们在桑树中听到了伊尹的啼哭声。

有莘氏的领主认为伊尹是一个不吉祥的孩子，因此将他交给了厨房的管事抚养，从此他成了一个奴隶。

在夏朝，奴隶的生活是极其艰苦的，尤其是在桀这个著名的暴君统治下。但伊尹决心改变自己的命运，他利用在厨房工作的机会，专心研究烹饪技巧，希望有一天能凭借自己的手艺得到他人的赏识。

当他被作为有莘氏公主的陪嫁送到商部落时，他的机会来了。他烹制的美味鱼羹让商部落的君主汤大为满意，并向他请教秘方。伊尹的回答不仅让汤印象深刻，还让他看到了伊尹的智慧和才能。于是，汤做出了一个前所未有的决定，直接将伊尹从奴隶提拔为宰相。

伊尹并没有满足于此。他深知商朝面临的最大敌人是夏朝和守护它的应龙。利用他对烹饪鱼鲜的领悟，伊尹想出了一个大胆的计划：策反应龙。经过一系列的调查和策略，他和商汤成功地召唤了应龙，并让它背叛了夏朝，加入了商朝。

伊尹的智慧和才能不仅帮助商汤推翻了夏朝，还为商朝建立了血腥祭祀的传统。然而，或许是觉得这种方式太过残忍，他后来转行研究医药，并成功地发明了中药汤剂，成为中国传统医学发展史上的又一座丰碑。

这就是伊尹，一个从奴隶逆袭成为宰相、厨神、医生和间谍的传奇人物。他的故事告诉我们，只要有决心和智慧，即使身处困境也要改变自己的命运。

水滨之木,得彼小子。
夫何恶之,媵有莘之妇?

读者服务

读者在阅读本书的过程中如果遇到问题,可以关注"有艺"公众号,通过公众号中的"读者反馈"功能与我们取得联系。此外,通过关注"有艺"公众号,您还可以获取艺术教程、艺术素材、新书资讯、书单推荐、优惠活动等相关信息。

投稿、团购合作:请发邮件至 art@phei.com.cn。

扫一扫关注"有艺"